Lernbiene®
... schöne Unterrichtsmaterialien!

Stefanie Schuhmann

Pyramiden & Co: Das Alte Ägypten

Eine Lernwerkstatt für Klasse 3 und 4

WERKSTATTLERNEN
SACHUNTERRICHT

Impressum

1. Auflage 2014

ISBN 978-3-95664-560-0

Titel:	Pyramiden & Co: Das Alte Ägypten
Inhalt:	Stefanie Schuhmann
Illustration:	Anja Meyer, Tina Gruschwitz, Eva Lelgemann und Veronika Mischitz
Fotos:	© HLPhoto – Fotolia.com (Fladenbrote – Station 5)
	© SC-Photo – Fotolia.com (Maske Tutanchamun – Lösung Station 7)
	© Pro Web Design – Fotolia.com (Ägyptische Götter – Station 8)
	© Sergii Figurnyi – Fotolia.com (Große Sphinx und Pyramide – Station 9)

Verlag: Lernbiene Verlag GmbH
Zarlachstraße 4
82442 Saulgrub
Tel.: 08845-757252
Fax: 08845-757253
http://www.lernbiene.de

Inhalt

Pyramiden & Co: Das Alte Ägypten

von Stefanie Schuhmann
mit Illustrationen von Anja Meyer

Ägypten ist ein Land in Nordost-Afrika, welches auf Arabisch als „Misr“ (bedeutet übersetzt „Land“ oder „Staat“) bezeichnet und offiziell „Arabische Republik Ägypten“ genannt wird.
Ein kleiner Teil Ägyptens, die Halbinsel Sinai, wird geografisch zum Kontinent Asien gezählt.
Ägypten hat eine Fläche von etwa einer Million km² und ist damit knapp dreimal so groß wie Deutschland. Allerdings besteht das Land zu 96,5 % aus Wüste und hat mit ca. 80 Millionen Einwohnern etwas weniger Bevölkerung als Deutschland.
Der Nil, der längste Fluss der Welt, durchfließt das Land auf einer Länge von etwa 1550 km. Zur Zeit der Alten Ägypter brachte er den Menschen nicht nur Wasser, sondern bei Überflutungen auch fruchtbaren Nilschlamm. Deshalb boten die Uferregionen des Nils damals die Grundlage für Besiedelung und Anbau.
Ägypten hat milde Winter und trockene und heiße Sommer. Da nur wenig Niederschlag fällt, ist die natürliche Vegetation stark eingeschränkt. Es gibt vor allem Gräser, Kräuter, Dattelpalmen, Akazien und Johannisbrotbäume. Somit war der Anbau von Lebensmitteln schon immer schwierig und gerade für die ärmere Bevölkerung, die sich hauptsächlich vom Eigenanbau ernährte, eintönig.
Die Schulausbildung ist nicht so geregelt wie in Deutschland. Die Kinder gehen wesentlich weniger lang zur Schule. Im Alten Ägypten gingen die ärmeren Kinder gar nicht zur Schule, nur den Kindern aus der Oberschicht war der Besuch vergönnt. Auch heute liegt die Analphabetenquote in Ägypten noch bei fast 50 %.
Fremdenverkehr ist ein wichtiger Bestandteil der ägyptischen Wirtschaft. Jedoch hat dieser teilweise aufgrund der Terroranschläge in den letzten Jahren starke Einbrüche erlitten. Dennoch kann es sein, dass einige Schüler schon einen Urlaub dort verbracht haben und ein gewisses Vorwissen mitbringen. Wahrscheinlich haben jedoch die meisten Schüler kein allzu großes Wissen über das Land, ihnen werden aber Begriffe wie „Pyramide“ und „Wüste“ einfallen.
Bei den Touristen sind heute noch viele Sachen beliebt, die es schon bei den Alten Ägyptern gab bzw. durch sie erbaut wurden. Typische Touristenattraktionen sind beispielsweise die Pyramiden von Gizeh und Luxor sowie das Tal der Könige.
Bestanden hat das Alte Ägypten von ca. 4000 vor Christus bis ca. 400 nach Christus.
Die Zeit war in eine Vielzahl von Epochen eingeteilt, jedoch waren nur bestimmte Epochen aus heutiger Sicht von Bedeutung: Das Alte Reich von ca. 2686 vor Christus bis ca. 2181 vor Christus, das Mittlere Reich von ca. 2025 vor Christus bis ca. 1650 vor Christus sowie das

Neue Reich von ca. 1550 vor Christus bis 1069 vor Christus. Jede dieser Zeiten hatte ihre Besonderheiten. So wurden zum Beispiel im Alten Reich die ersten Pyramiden gebaut, im Mittleren Reich wandelte sich das Bild des Pharaos hin zu einem weisen, lebenserfahrenen Herrscher und im Neuen Reich herrschten dann die bekannten Pharaonen und Könige wie Tutanchamun und Ramses II.

Hinweise zum Einsatz der Werkstatt

Die Werkstatt kann fächerübergreifend eingesetzt werden, da an mehreren Stationen auch künstlerisch gearbeitet sowie gebacken wird.
Neben den inhaltlichen Lernzielen sollen die Kinder durch dieses Material auch selbstständiger werden, indem die Zeiteinteilung und die Reihenfolge der Bearbeitung der Stationen in ihrer eigenen Hand liegen. Die mögliche Selbstkontrolle fördert die Schüler ebenfalls in ihrer Selbstständigkeit. Wichtig ist, dass angefangene Stationen immer erst beendet werden müssen, bevor eine neue Station begonnen werden darf.

An manchen Stationen ist es sinnvoll, mit einem Partner gemeinsam zu arbeiten und es bietet sich auch an, dass es „Spezialisten" bei den einzelnen Stationen gibt, die anderen Kindern bei Problemen helfen können. Die Schüler sollen hierbei lernen, sich selbst zu organisieren.

Die Werkstatt umfasst insgesamt 16 Stationen. Sechs Stationen liegen in differenzierter Form vor (hier kann der Lehrer die Kinder selbst entscheiden lassen oder den Kindern vorgeben, welche Schwierigkeitsstufe sie bearbeiten sollen). Das Bild des einen Krokodils steht dabei für die leichtere Variante, während zwei Krokodile die anspruchsvollere Aufgabe symbolisieren. Bei zwei Stationen gibt es für leistungsstarke Schüler noch Zusatzaufgaben.

In der Werkstatt befassen sich die Kinder allgemein mit dem Alten Ägypten – geografisch, geschichtlich, praktisch und handwerklich. Sie lernen die geografische Lage Ägyptens kennen, erfahren, wie die Alten Ägypter lebten, sich kleideten und schmückten, wie sie feierten, was sie aßen und tranken. Die Schüler lernen Hieroglyphen kennen, sollen in dieser Schrift schreiben und Hieroglyphen in die heutige Schrift übersetzen. Auch typische ägyptische Besonderheiten kommen nicht zu kurz: die Funktion des Pharaos, berühmte Pharaonen wie Tutanchamun, Pyramiden und Pyramidenbau, ägyptische Götter und ihre Bedeutung, die Mathematik der Alten Ägypter, Bestattungsriten sowie Mumien. Ebenso ist für die Kinder interessant, dass die Alten Ägypter die ersten Menschen waren, die Haustiere besaßen.
Zudem stellen die Kinder bei mehreren Stationen einen Bezug zu ihrem heutigen Leben her.

Auftragskarten: Zu jeder Station gibt es eine Auftragskarte mit Arbeitsanweisungen. Es bietet sich an, zur Präsentation der Werkstatt im Klassenraum Briefablagen zu benutzen. Die Auftragskarten am besten laminieren und an den Briefablagen befestigen.

Lösungen zu den Stationen: Zu fast allen Stationen liegen Lösungsblätter, die von den Schülern zur Selbstkontrolle genutzt werden können. Zur besseren Haltbarkeit können diese eventuell laminiert werden.

Erläuterungen zu den einzelnen Stationen

Um Kopierkosten zu sparen, ist es hilfreich, wenn Sie einige Seiten nur in geringer Anzahl vervielfältigen und sie den Schülern laminiert zur Verfügung stellen. Da nicht alle Schüler gleichzeitig eine bestimmte Station bearbeiten, reicht es meist aus, wenn die Textblätter ca. drei- bis fünfmal vorliegen. Arbeitsblätter können Sie dann im Klassensatz anbieten. Liegt eine Station in zwei Schwierigkeitsgraden vor (erkennbar am Symbol „ein Krokodil" bzw. „zwei Krokodile"), entscheidet die Lehrperson, welche der Varianten sie für die Schüler kopiert.

Zusätzlich benötigte Materialien:

Die Lernwerkstatt ist extra so konzipiert, dass nicht viel zusätzliches Material benötigt wird. Es wäre hilfreich, wenn im Klassenraum ein Materialien- und/oder Büchertisch für die Dauer der Unterrichtseinheit aufgestellt werden könnte. Die Utensilien dafür können vom Lehrer gestellt werden, noch schöner ist es aber, wenn sich die Kinder daran beteiligen. An diesem Tisch können auch später beispielsweise die getöpferten Tontöpfe ausgestellt werden.

Station 1: Weltkarte, Globus, Atlas und/oder ein internetfähiger Computer

Station 5: Weizen- und Roggenmehl, Salz, Trockenhefe, Wasser, Messbecher, Backbleche, Backpapier, Backofen. Die Mengen variieren je nach Backmenge. Am besten besorgen Sie mehr Zutaten als im Rezept angegeben sind, da für die Schüler erfahrungsgemäß Backen sehr motivierend ist.

Station 6: Klammerkarte ausschneiden, rechte Spalte nach hinten umknicken, Karte dann laminieren, kleine Klammern für die Klammerkarten bereitstellen

Station 7: Bücher über das Alte Ägypten und Tutanchamun, ein internetfähiger Computer

Station 8: Plakate (am besten DIN A3-Format) und buntes Tonpapier, dickere Filzstifte zum Schreiben. Bücher und ein internetfähiger Computer wären von Vorteil.

Station 11: Metermaße

Station 12: selbsthärtende Modelliermasse, Wasser, Wasserfarben, wasserfeste schwarze Filzstifte

Wir wünschen Ihnen viel Freude und Erfolg beim Einsatz der Werkstatt!

Laufzettel

Name: ________________________________

Station	erledigt	Unterschrift
1 – Das Alte Ägypten und der Nil		
2 – So wohnten die Ägypter		
3 – Kleidung und Schmuck		
4 – Die Hieroglyphen		
5 – Speisen und Getränke		
6 – Herrscher im Alten Ägypten – der Pharao		
7 – Tutanchamun		
8 – Die ägyptischen Götter		
9 – Die Pyramiden		
10 – Ägyptische Familien		
11 – Die Mathematik der Ägypter		
12 – Ein ägyptisches Handwerk – Töpfern		
13 – Bestattungsriten		
14 – Die Mumien		
15 – Feste der Ägypter		
16 – Katzen im Alten Ägypten		

Station 1 – Das Alte Ägypten und der Nil

So geht es:

1. Lies dir den Text durch (1).
2. Färbe auf dem Arbeitsblatt (2) den Nil und den Nassersee blau ein.
3. Ergänze die Zeitleiste mit folgenden Begriffen:
   Das Alte Reich, das Mittlere Reich und das Neue Reich.
   Schreibe auch die ungefähren Zeiträume dazu, in denen diese Reiche existierten.

Station 2 – So wohnten die Ägypter

So geht es:

1. Lies dir den Text durch (1 und 2).
2. Kreuze die richtigen Aussagen an (3).
   Richtig sortiert, ergeben die Buchstaben ein Lösungswort.

Station 3 – Kleidung und Schmuck

So geht es:

1. Lies dir den Text durch (1 und 2).
2. Zeichne einen Mann und eine Frau in typischer Kleidung des Alten Ägyptens (3). Du kannst Menschen aus der ärmeren oder reicheren Bevölkerung zeichnen, oder, wenn du magst, auch Menschen aus beiden Bevölkerungsgruppen.

   Freiwillige Zusatzaufgabe:
   Verbinde die Begriffe mit den richtigen Stellen der Zeichnung (4). Beschreibe dann deine eigene Kleidung und vergleiche sie mit der Kleidung aus dem Alten Ägypten.

Station 4 – Die Hieroglyphen

So geht es:

Lies dir den Text durch (1)

Version :

1. Schreibe deinen Namen in Hieroglyphen (2).
2. „Übersetze“ selbst Wörter aus Hieroglyphen in die heutige Schrift.

Version :

1. Schreibe deinen Namen in Hieroglyphen (2).
2. Suche dir einen Partner und lass dir von ihm deine geschriebenen Wörter in unsere heutige Schrift „übersetzen“.

Station 5 – Speisen und Getränke

So geht es:

1. Lies dir den Informationstext (1) über die Nahrung im Alten Ägypten durch.
2. Suche dir zwei bis drei Partner.
   Backt zusammen Fladenbrot wie es im Rezept steht (2).
   Seid vorsichtig im Umgang mit dem Backofen, damit ihr euch nicht verbrennt. Bittet einen Erwachsenen um Hilfe, wenn ihr etwas in den Ofen geben oder herausnehmen möchtet.

Station 6 – Herrscher im Alten Ägypten – der Pharao

So geht es:

1. Lies dir den Text über den Pharao durch (1).
2. Nimm dir eine Klammerkarte und beantworte darauf die Fragen, indem du Wäscheklammern an die richtigen Antworten heftest (2).
3. Zeichne dich mit einem Interviewmikrophon in den Rahmen neben die Abbildung des Pharaos (3).
   Schreibe Fragen auf, die du einem Pharao gerne gestellt hättest.

Station 7 – Tutanchamun

So geht es:

1. Nimm dir den Infotext (1) und lies ihn dir sorgfältig durch.
2. Erstelle mithilfe des Textes einen Steckbrief über Tutanchamun (2). Benutze auch das Internet oder Bücher, um noch mehr zu erfahren.
3. Färbe seine Totenmaske (3) nun anhand der Angaben aus dem Text oder sieh dir vorher im Internet Bilder dazu an. Du kannst auch das Foto in den Lösungen zuhilfe nehmen.

Station 8 – Die ägyptischen Götter

So geht es:

1. Lies dir zunächst den Informationstext durch (1).
2. Suche dir eine Textkarte über einen ägyptischen Gott/eine ägyptische Göttin (2–4) aus und lies dir diese gründlich durch. Du kannst auch selbst zu einem weiteren/einer weiteren auf der Abbildung (4) dargestellten Gott/Göttin im Internet und in Büchern recherchieren.
3. Erstelle ein kleines Plakat über deine ausgewählte ägyptische Göttin oder deinen ausgewählten ägyptischen Gott. Du darfst sie bzw. ihn auch zeichnen.

   Freiwillige Aufgabe: Beschreibe, an wen oder was du glaubst (5).

Station 9 – Die Pyramiden

So geht es:

1. Lies dir den Informationstext (1 und 2) durch.
2. Finde die im Wortgitter versteckten Wörter aus dem Pyramidentext. Benutze die angegebenen Wörter als Hilfe (3).

Station 10 – Ägyptische Familien

So geht es:

Version :

1. Füge die passenden Textstellen zueinander, indem du sie in derselben Farbe anmalst (1).
2. Schreibe den so entstandenen Text noch einmal ab (2).

Version  :

1. Lies dir den Text durch und beantworte anschließend die Fragen.
2. Setze die Buchstaben in den dick eingekreisten Kästchen zu einem Lösungswort zusammen.

Station 11 – Die Mathematik der Ägypter

So geht es:

1. Hier lernst du die Zahlzeichen der Alten Ägypter kennen und erfährst, wie sie damit gerechnet haben (1).
   Schreibe selbst Zahlen mit den ägyptischen Zahlzeichen auf und lass sie dir von einem Partner in unsere heutigen Zahlen „übersetzen".
2. Lies den Text über die Maßeinheiten der Alten Ägypter (2).
   Miss damit verschiedene Dinge sowie dich selbst und fülle das Arbeitsblatt aus.

Station 12 – Ein ägyptisches Handwerk – Töpfern

So geht es:

1. Lies dir den Informationstext (1) gründlich durch.
2. Hole dir eine Anleitung zum „Töpfern" (2).
   Lege alle benötigten Materialien an deinen Platz und stelle ein Gefäß her, indem du die Punkte der Anleitung Schritt für Schritt durchführst.

Station 13 – Bestattungsriten

So geht es:

1. Schneide die Dominokarten aus und lege sie richtig aneinander (1).
2. Kontrolliere mit dem Lösungsblatt und klebe das Domino dann auf ein Extrablatt. Lies dir den entstandenen Text noch einmal durch.
3. Betrachte nun die Aussagen über die Bestattungsriten und kreuze jeweils an, ob die Aussagen richtig oder falsch sind (2).

Station 14 – Die Mumien

So geht es:

1. Lies dir den Text einmal aufmerksam durch (1).
2. Markiere nun bei einem zweiten Lesedurchgang alle wichtigen Wörter zum Thema „Mumien“.
3. Erstelle eine Mind-Map (2) und benutze die markierten Wörter.

Version :

Ergänze die bereits begonnene Mind-Map (2).

Version :

Erstelle eine eigene Mind-Map (2).

Station 15 – Feste der Ägypter

So geht es:

1. Lies dir den Text gründlich durch (1).
2. Suche dir einen festlichen Anlass der Ägypter aus und male dazu ein Bild, auf dem deutlich wird, wie du dir das Fest vorstellst. Benutze ein Extrablatt.
3. Beschreibe, welche Feste du selbst im Laufe eines Jahres feierst (2).
   Was ist dein Lieblingsfest und warum? Male auch dazu.

Station 16 – Katzen im Alten Ägypten

So geht es:

1. Die Textstreifen sind durcheinandergeraten (1).
   Schneide sie aus und bringe sie in die richtige Reihenfolge.
2. Klebe die Textstreifen geordnet auf ein Extrablatt.
3. Fasse wichtige Aussagen des Textes in eigenen Worten zusammen (2).

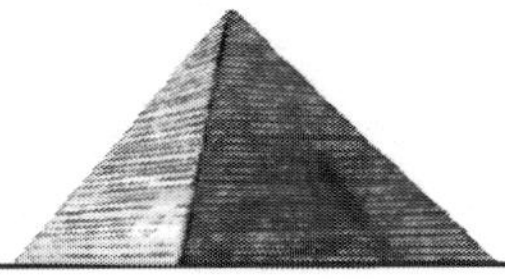

Station 1 – Das Alte Ägypten und der Nil (1)

Hast du schon einmal etwas vom „Alten Ägypten" gehört? Was stellst du dir darunter vor? Mit „Altes Ägypten" meint man das Land Ägypten zur Zeit des Altertums. Die Zeit des Alten Ägyptens wurde in diese drei Zeitabschnitte eingeteilt:

- ✓ Das Alte Reich: ca. 2686 vor Christus bis ca. 2181 vor Christus
- ✓ Das Mittlere Reich: ca. 2025 vor Christus bis ca. 1650 vor Christus
- ✓ Das Neue Reich: ca. 1550 vor Christus bis ca. 1069 vor Christus

Zwischen diesen Zeitabschnitten gibt es weitere Zeiträume, in denen jedoch nichts Bedeutendes passierte.

Jedes Zeitalter hatte Besonderheiten:
Im Zeitalter des Alten Reiches wurden die Pyramiden erbaut und die Hieroglyphen (Schriftzeichen) wurden erfunden. Im Mittleren Reich wurde die Fläche Ägyptens größer, denn es wurde im Süden neues Land erobert. Im letzten Zeitalter, dem Neuen Reich, dehnte sich Ägypten durch Landeroberungen noch weiter aus und in dieser Zeit herrschten unter anderem die Pharaonen Tutanchamun und Ramses II. sowie die Königin Nofretete.

Das Land Ägypten gibt es noch heute. Es liegt im Nordosten des Kontinents Afrika.
Mit dem Flugzeug braucht man von Deutschland aus etwa 4,5 Stunden dorthin.
Der Nil ist mit 6852 km Länge der längste Fluss der Erde. Er durchfließt Ruanda, Burundi, Tansania, Uganda, den Südsudan, den Sudan und Ägypten. In Ägypten mündet er ins Mittelmeer.

Da es in Ägypten auch im Altertum die meiste Zeit des Jahres über sehr trocken und heiß war und ein Großteil des Landes aus Wüste besteht, erbauten die Menschen ihre Dörfer und Städte in der Nähe des Nils.
Im Frühling gibt es jedes Jahr über mehrere Wochen die sogenannte Regenzeit in Ägypten. Früher kam es durch das zusätzliche Wasser, das der Nil dann führte, häufig zu Überschwemmungen. Nach der Regenzeit trocknete das Wasser wieder ab und entlang des Nils blieb viel Schlamm zurück. Da dieser Schlamm sehr feucht und fruchtbar war, wurde er auch als Baumaterial und als Material zum Anlegen von Feldern verwendet.
Um die Wassermassen beim jährlichen Hochwasser besser kontrollieren zu können, bauten die Ägypter von 1960–1971 einen Staudamm, den sogenannten Assuan-Staudamm.
Durch den Staudamm erhoffte man auch, die Schiffbarkeit des Nils zu verbessern und für Trockenzeiten besser mit Wasser versorgt zu sein. Der See, der aufgrund des Staudamms hier aufgestaut wurde, heißt Nassersee und liegt im Süden des heutigen Ägyptens.

Station 1 – Das Alte Ägypten und der Nil (2)

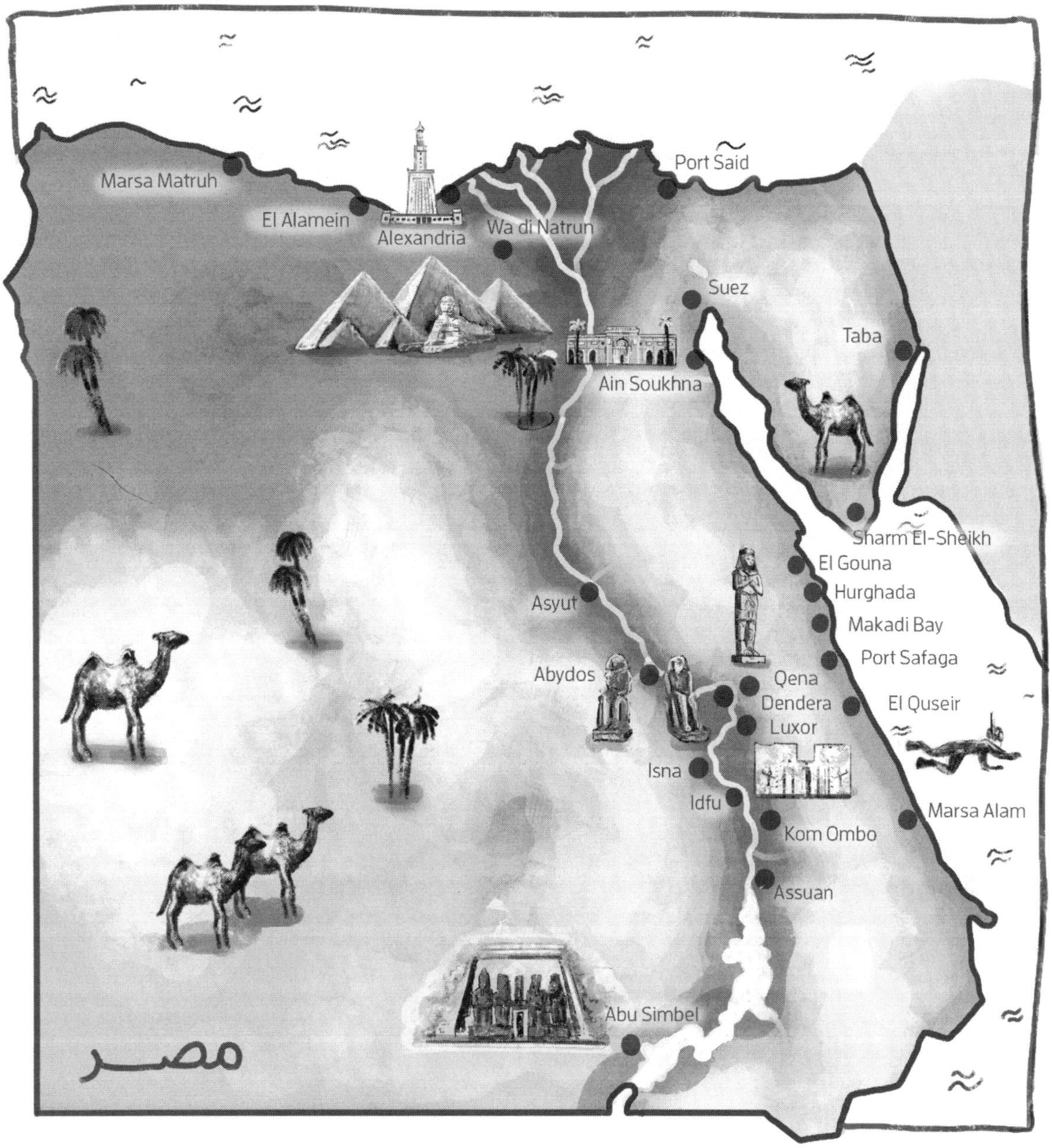

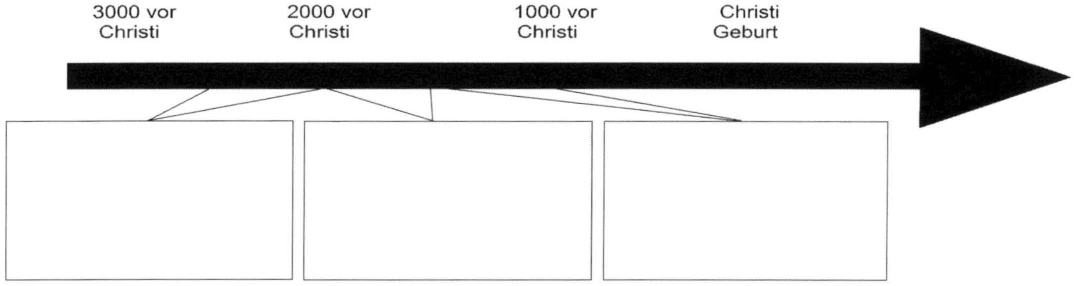

Station 2 – So wohnten die Ägypter (1)

Im Alten Ägypten wohnten die Menschen bereits in Häusern. Der Hauptteil der Bevölkerung bestand damals aus ärmeren Menschen, die in kleinen Häusern lebten. Diese Häuser waren großteils aus Lehmziegel gebaut. Die Lehmziegel gewann man aus Nilschlamm, der in der Sonne in Formen getrocknet wurdet. Die Wände und der Fußboden der Häuser bestanden aus den Lehmziegel, die Dachbalken aus dem Holz der Dattelpalme. Säulen aus Stein stützten die Dächer. Die Häuser hatten kleine Fenster und hohe Decken, damit so wenig Wärme wie möglich hereinkam. Oft war es recht dunkel in den Häusern.

Aufgrund des warmen Wetters fand das alltägliche Leben meist im Freien statt. Die Häuser hatten daher auch einen Hof sowie auf dem Dach eine Terrasse. Die Terrasse auf dem Dach diente auch als zweite Küche, denn hier wurde zum Beispiel gekocht und gebacken. Das hatte auch den Vorteil, dass Kochgerüche außerhalb des Hauses blieben.

Bei den ärmeren Ägyptern teilte sich eine Familie ein sehr kleines Haus, das meist aus drei Räumen bestand. Sie hatten noch keine Betten, sondern schliefen auf Schilfmatten, die auf dem festgetretenen Boden lagen.

Die reichen Ägypter hatten viel größere Häuser, teilweise waren es schon kleinere Paläste (siehe Bild auf der nächsten Seite). Die Häuser hatten oft mehr als achtzehn Zimmer und einen sehr großen Hof. Der Hof konnte eine Größe von mehreren tausend Quadratmetern haben. Der Hof und das Wohnhaus waren von einer Mauer eingefasst. Dies diente zur Sicherheit der Menschen, schützte also vor Dieben, aber auch vor neugierigen Blicken anderer Menschen. Auf den Hof kam man durch den Haupteingang. Es gab meist einen Pförtner, der diesen Eingang bewachte. Da die Menschen im Alten Ägypten sehr gläubig waren, stand auf dem Hof eine kleine Kapelle.

Einen großen Teil des Hofes nahm der Garten in Anspruch. Hier wurde Obst und Gemüse angebaut. Da es in Ägypten nur sehr selten regnete, musste der Garten bewässert werden. Dafür gab es im Hof einen Brunnen, aus dem die Angestellten Wasser holen und die Pflanzen gießen konnten.

Jedes Haus der reichen Menschen hatte eine Empfangshalle. Diese war wichtig, da oft große Feste gefeiert wurden und Gäste hier standesgemäß empfangen werden konnten. Zusätzlich hatten die Häuser mehrere Wohnräume, einen Schlafraum, eine Kleiderkammer, ein Ankleidezimmer und mehrere Nebenräume. Das Wohnhaus hatte sogar schon ein Badezimmer sowie eine Toilette. An das große Wohnhaus grenzten mehrere Vorratskeller und Getreidesilos, Backhäuser und Backöfen an.

Station 2 – So wohnten die Ägypter (2)

Die reichen Ägypter hatten Diener, die für sie kochten und wuschen. Deshalb gab es einen Eingang für die Bediensteten sowie auch ein Wohnhaus für die Angestellten. Sie wohnten nahe ihren Arbeitgebern, damit sie für diese immer verfügbar waren. Neben dem Haus für die Bediensteten stand der Stall. Die reichen Ägypter hielten sich eigene Tiere und hatten dadurch Fleisch zum Essen.

Sie nannten auch Möbel, die aus Stein oder Holz gefertigt waren, ihr Eigen. So besaßen sie meist Sessel, Hocker, Truhen (sie dienten als Stauraum für Kleidung) und Betten aus Schilfrohr. Auch Stühle fanden die reichen Ägypter bereits sehr praktisch. Sie waren teuer, aus Holz oder stabilem Flechtwerk gefertigt und es gab verschiedene Varianten: kleine Schemel, Hocker und auch Stühle wie wir sie heute kennen, sogar manchmal mit Arm- und Rückenlehne.
Im Bett lag der Kopf auf Nackenstützen. Das hatte den Vorteil, dass keine Käfer und Insekten im Schlaf in Mund, Ohren oder Nase krabbeln konnten.

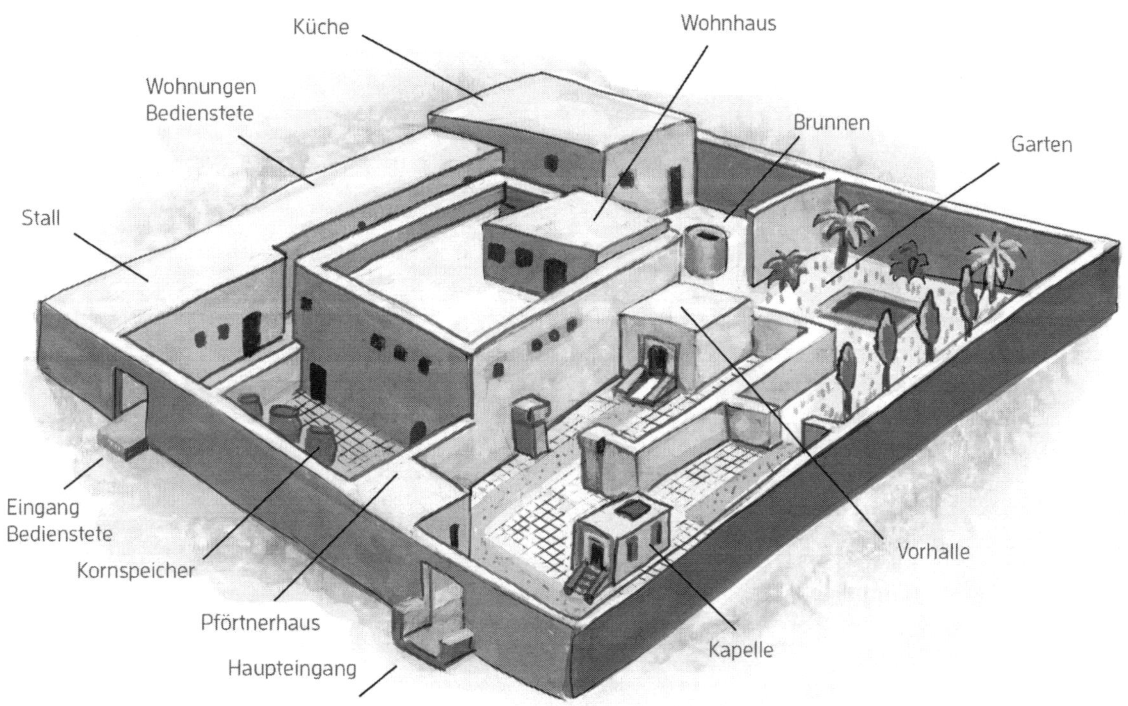

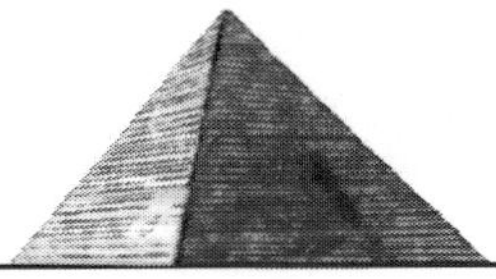

Station 2 – So wohnten die Ägypter (3)

1.) Die ägyptischen Häuser wurden hauptsächlich aus folgendem Material gebaut:

[ ] Beton U

[ ] Stahl D

[ ] Lehmziegel E

2.) In den Truhen der reichen Ägypter wurde(n) __________ aufbewahrt.

[ ] Kleidung R

[ ] Essensvorräte Z

[ ] Medikamente J

3.) Was machten die Ägypter vor allem in ihrem Hof und auf dem Dach?

[ ] schreiben und lesen P

[ ] häkeln und stricken O

[ ] backen und kochen T

4.) Wer half den reichen Ägyptern im Haushalt?

[ ] Sklaven L

[ ] Kinder H

[ ] Diener A

5.) Warum lag der Kopf im Schlaf auf Nackenstützen?

[ ] Damit sie besser schlafen konnten. S

[ ] Damit keine Tiere in Mund, Nase oder Ohren krabbeln konnten. G

[ ] Damit sie nicht schnarchten. W

6.) Warum hatten die Häuser kleine Fenster?

[ ] Die empfindlichen Augen sollten vor Sonne geschützt werden. F

[ ] Möglichst viel Wärme sollte draußen bleiben. N

[ ] Wilde Tiere konnten nicht ins Haus gelangen. M

Das hatten reiche Ägypter auch schon. Einen …

Lösungswort: ___ ___ ___ ___ ___ ___

Station 3 – Kleidung und Schmuck (1)

Im Alten Ägypten war es fast immer heiß und sonnig. Da die ärmeren Ägypter häufig Bauern, Fischer, Bootsbauer oder Papyrus- und Schilfpflücker waren und ihre Tätigkeiten im Freien ausübten, musste ihre Kleidung vor der Sonne schützen und durfte auch beim Arbeiten nicht stören. Meist trugen die Menschen daher weiße Kleidung, denn diese blieb in der Sonne erträglich kühl. Hinzu kam, dass die Farbe Weiß auch das Symbol für Reinheit war.

Die Kleidung wurde per Hand angefertigt. Die ärmeren Menschen nähten selbst.
Die Reichen ließen ihre Kleidung von Schneidern nähen und hatten teilweise sogar eigene Schneidereien in ihren Häusern. Genäht wurde mit Nähnadeln aus Kupfer oder Bronze und als Garn wurde Leinfaden benutzt. Der Stoff war häufig ebenfalls aus Leinen, denn dieses Material trug sich sehr angenehm auf der Haut und auch der nicht so wohlhabende Teil der Bevölkerung konnte sich diesen Stoff leisten. Da das Leinen aus Flachs hergestellt wurde, und dieser gut und zahlreich im Nilschlamm wuchs, war der Stoff bezahlbar.

Die Frauen trugen ein einfaches Kleid, das bis zu den Knöcheln reichte und von dicken Trägern gehalten wurde. Das Kleid war eng geschnitten, da es die weiblichen Formen betonen sollten.
Die Männer wickelten sich ein Leinentuch als kurzen Rock um die Hüfte. Besonders die Bootsbauer, Fischer, Papyrus- und Schilfpflücker, die sich gut bewegen können mussten, arbeiteten meist entweder nur mit einem ganz kurzen Rock bekleidet oder gar nackt.
Wenn es am Morgen und Abend kühl war, zogen die Frauen und Männer einen langärmeligen, schulterfreien und tief ausgeschnittenen Mantel über ihre Kleidung. Oft legten sie zum Wärmen ein Stück Stoff über die Schultern, daraus entstanden im Laufe der Zeit Tuniken und Hemden.
Teuren Schmuck konnten sich die ärmeren Ägypter nicht leisten, daher behalfen sich vor allem die Frauen, indem sie einfachen Schmuck aus bunten großen Perlen und Muscheln trugen.

Schuhe trugen die damaligen Menschen im Allgemeinen nicht. Bei der Hitze empfanden sie sie als störend. Sie hatten zwar bei längeren Wegen Sandalen aus Bast dabei, trugen sie aber in der Hand und erst wenn sie am Ziel ankamen, zogen sie sie an.

Die Kinder waren meist bis zur Jugendzeit unbekleidet. Nur in den kühlen Morgen- und Abendstunden zogen sie wie die Erwachsenen einen Mantel an.

Station 3 – Kleidung und Schmuck (2)

Die Kleidung der reichen Ägypter war viel aufwendiger und teurer als die der Armen.
Sie hatten Kleidung aus mehrfarbigen Stoffen, die oft hübsch verziert waren.
Der Lendenschurz der reichen Männer war deutlich länger als bei der ärmeren Bevölkerung: Ihr Rock ging bis zu den Waden bzw. den Knöcheln.

Die Kleider der reichen Frauen waren den Kleidern der armen Frauen vom Schnitt ähnlich, jedoch hatten sie oft bunte Kragen oder sonstige ausgesuchte Verzierungen.
Reiche Frauen trugen kostbaren Schmuck an Hals, Armen, Beinen oder auch am Kopf als Stirnschmuck – ähnlich einem Stirnband heute. Die Materialien des Schmucks waren sehr vielfältig: Perlen, Knochen, Eierschalen, Elfenbein, Tierzähne, Muscheln, Kupfer, Steine, Halbedelsteine, Glas, Bronze, Keramik. Die Frauen besaßen verschiedene Schmuckstücke, die sie im Wechsel trugen.
Auch die Männer trugen Ohrringe. Diese waren jedoch kein Schmuck im herkömmlichen Sinn, sondern Auszeichnungen für besondere Dienste, die vom Pharao verliehen wurden.
Die Kleidung des Pharaos war am prächtigsten gestaltet. Sein Schmuck bestand aus Gold.

Die reichen Menschen bewahrten ihre Kleidung in Kisten und Truhen auf. Solche Möbel konnten sich ärmere Menschen nicht leisten, sie benutzten zur Kleidungsaufbewahrung geflochtene Körbe.

Männer und Frauen (sowohl arm als auch reich) hatten meist kurze Haare, oft trugen sie auch eine Glatze. Das war praktisch bei der Hitze, denn so wurde das Schwitzen unter den Haaren vermieden und auch beim Arbeiten konnten keine Haare stören.
Außerdem bekamen so auch Läuse und Flöhe keine Chance.
Wer keine Glatze trug, färbte seine Haare oft mit Henna, vor allem dann, wenn die Haare begannen, grau zu werden. Ebenso wurden die Handflächen und die Füße schmückend mit Henna verziert.
Für besondere Anlässe besaßen die Menschen Perücken.

Da die Alten Ägypter sehr viel Wert auf Pflege und Schönheit legten, waren sowohl die Männer als auch die Frauen geschminkt. Die Frauen puderten ihre Haut und rieben duftende Öle in die Haut ein. Männer und Frauen umschminkten ihre Augen mit schwarzer Kohle.
Dies hielt Krankheiten ab, da Bestandteile der Kohle entzündungshemmend wirkten.
Die dunkle Farbe schützte auch vor dem grellen Sonnenlicht, denn Sonnenbrillen kannten die Alten Ägypter noch nicht.

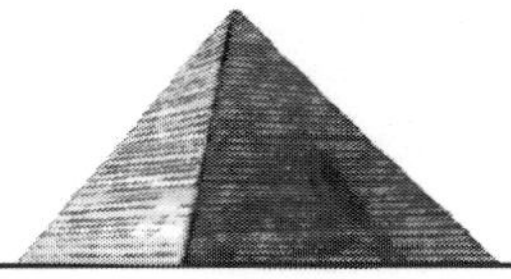

Station 3 – Kleidung und Schmuck (3)

eine arme Ägypterin	ein armer Ägypter
eine reiche Ägypterin	ein reicher Ägypter

Station 3 – Kleidung und Schmuck (4)

Lendenschurz

Ledersandale

Mantel

geschminkte Augen

Perücke

Bastsandale

Armreif

Stirnschmuck

Beschreibe ganz genau deine Lieblingskleidung (Material, Farbe). Trägst du Schmuck? Wie sieht deine Frisur aus? Vergleiche dich mit einem Ägypter – egal ob reich oder arm.

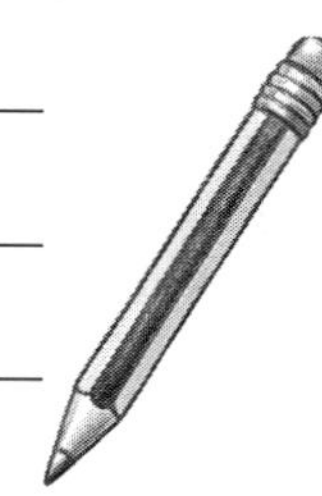

Station 4 – Die Hieroglyphen (1)

a	i,j	a	w, u	b	p	f	m	n	r
h	ch	s	sch	k	k	g	t	tj	d

Die Ägypter schrieben in einer Bilderschrift, den sogenannten Hieroglyphen. Diese Schrift wird heute nicht mehr verwendet. Die Bilderschrift enthielt mehr als 700 Zeichen und es gab darin Zeichen für Buchstaben und Zeichen für ganze Wörter.

Nur wenige Menschen konnten im Alten Ägypten bereits schreiben. Der Beruf des Schreibers war daher sehr hoch angesehen. Meist waren die Schreiber direkt beim Pharao oder den Priestern angestellt. Sie schrieben wichtige Briefe, geschäftliche und rechtliche Verträge, beaufsichtigten die Einhaltung der Gesetze und sammelten die Steuer ein.

Geschrieben wurde mit schwarzer Farbe aus Ruß und roter Farbe aus Eisenoxid und Ocker. Die rote Farbe wurde vor allem für Textanfänge und Überschriften verwendet.
Zum Schreiben brauchte man einen Griffel aus Binsen oder Schilfrohr, ein Wassertöpfchen zum Anrühren der Farbe sowie eine Palette, die zwei Ausbuchtungen für die beiden Farbtöne hatte. Geschrieben wurde damit auf Holz, Stein- oder Keramikscherben und Papyrus.

Auch das Lesen war kompliziert, da die Schreibrichtung nicht festgelegt war: Es wurde von rechts nach links, von links nach rechts und von oben nach unten geschrieben. Es gab auch keine Satzzeichen und keine Leerstellen. So war es nicht einfach, zu erkennen, an welchen Stellen Wörter begannen und endeten. Eine Hilfe beim Entziffern gab es jedoch: Die Blickrichtung der abgebildeten Personen oder Götter. Blickten diese nach rechts, verlief die Leserichtung von rechts nach links.

dj	i	n	m	w, u, o	aa	wa	pa	ma	ha
ha	sa	sa	ka	ta	da	ha	di	rw, ru	sw

Station 4 – Die Hieroglyphen (2)

1. Versuche, deinen Namen in Hieroglyphen zu schreiben.
   Falls Buchstaben fehlen, ersetze sie mit unseren Buchstaben.

   ____

2. Versuche, folgende Wörter in Hieroglyphenschreibweise in unsere Schrift zu „übersetzen“.

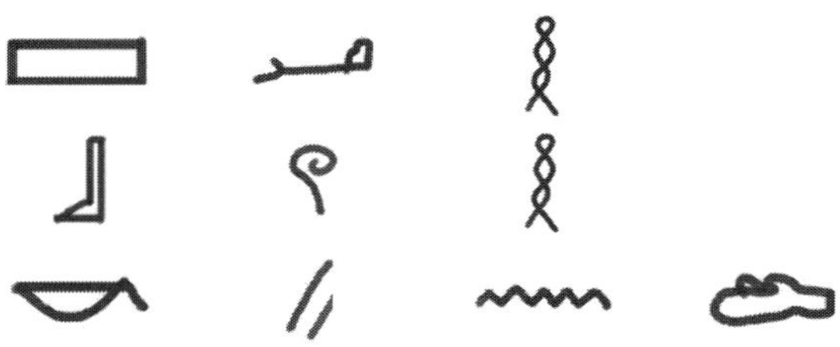

____

____

____

a	i,j	a	w, u	b	p	f	m	n	r
h	ch	s	sch	k	k	g	t	tj	d
dj	i	n	m	w, u, o	aa	wa	pa	ma	ha
ha	sa	sa	ka	ta	da	ha	di	rw, ru	sw
dw	nb	mj, mi	tj, ti	aw, au	nw, nu	hp	hm	tm	jn, in
wn	mn	sn	ir	wr	hpr	nfr	htp	stp	was
hnt	hka	anh	sba	ntr	pr	mr	hr	hr	ms
hd	ib	ra							

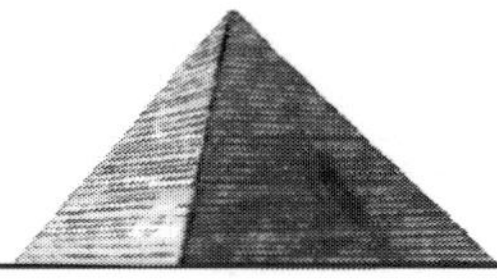

Station 4 – Die Hieroglyphen (2)

1. Versuche, deinen Namen in Hieroglyphen zu schreiben.
   Falls Buchstaben fehlen, ersetze sie mit unseren Buchstaben.

____

2. Schreibe mehrere Wörter oder einen Satz mit Hieroglyphen. Falls Buchstaben fehlen, ersetze sie mit unseren Buchstaben.
   Suche dir einen Partner, der dein Geschriebenes „übersetzen" soll.

____

____

Station 5 – Speisen und Getränke (1)

Wie sich die Menschen im Alten Ägypten ernährten, richtete sich vor allem danach, ob sie zum einfachen Volk (Bauern, Arbeiter) gehörten oder ob sie reich beziehungsweise adlig waren.

Bei den ärmeren Menschen gab es vor allem Speisen und Getränke, die aus eigener Herstellung oder Anstrengung stammten: selbst gebackenes Fladenbrot, aus dem Nil geangelte Fische und eigenhändig angebautes Obst und Gemüse, zum Beispiel Datteln, Feigen und Trauben sowie Stängel des Papyrus. Auch Bier brauten arme Ägypter selbst. Fleisch stand nicht auf dem Speiseplan, da es zu teuer war.

Für das Fladenbrot brauchten die Ägypter vor allem Mehl. Mit Mahlsteinen wurde das Getreide gemahlen. Problematisch dabei war nur, dass die Mahlsteine bröckelten, die Splitter ins Mehl gelangten und das Brot daher nur aus sehr grobem Mehl gebacken wurde. Das machte sich an den Zähnen der Ägypter bemerkbar, die dadurch stark abgenutzt waren.

Bei den reichen und adligen Ägyptern war die Essensauswahl viel größer. Zusätzlich zu Fladenbrot, Fisch, Obst und Gemüse gab es Fleisch. Es wurden beispielsweise Wasservögel (Gänse, Enten, Tauben, Kraniche und Wachteln) gejagt und auch das Fleisch von Rind, Schwein und Schaf wurde gegessen. Außerdem gab es Nüsse und Honig.
Neben Bier tranken reiche Ägypter Traubenwein, Wasser und Milch.

Station 5 – Speisen und Getränke (2)

Zutaten für das Fladenbrot:

- ✓ 750 g Weizenmehl
- ✓ 250 g Roggenmehl
- ✓ 2 Messerspitzen Salz
- ✓ 2 Päckchen Trockenhefe
- ✓ ungefähr 500 ml (1/2 Liter) Wasser

Backanleitung:

1. Vermischt beide Mehlarten, das Salz und die Hefe miteinander in einer großen Schüssel. Gebt das Wasser langsam hinzu und vermengt alle Zutaten zu einem glatten Teig.
2. Deckt die Schüssel mit einem Küchenhandtuch ab und lasst den Teig an einem warmen, aber nicht heißen Ort für eine Stunde ruhen.
3. Jetzt müsst ihr den Teig gut durchkneten.
4. Portioniert den Teig in Kugelform: Jede Teigkugel soll etwa 6 cm groß sein. Lasst sie nun für etwa 10 Minuten ruhen.
5. Formt mit euren Händen aus den Teigkugeln Fladenbrote. Die Fladenbrote sollten nicht zu dünn sein (ca. 0,5 cm).
6. Legt die Fladenbrote auf die mit Backpapier ausgelegten Backbleche, deckt sie mit Küchenhandtüchern ab und lasst sie erneut eine Stunde ruhen.
7. Nach ungefähr 40 Minuten heizt ihr den Backofen auf 200–220 Grad Celsius vor. Haben die Fladenbrote eine Stunde geruht, backt sie für ca. 5–10 Minuten. Am Ende sollen sie goldgelb sein. Lasst die Fladenbrote gut auskühlen, bevor ihr sie probiert.

Station 6 – Herrscher im Alten Ägypten – der Pharao (1)

Das Wort Pharao bedeutet übersetzt „großes Haus“. Die Pharaonen herrschten einerseits über Ägypten und andererseits beschützten sie die Menschen. Von den Ägyptern wurden die Pharaonen wie Götter verehrt. Die Menschen waren so ehrfürchtig, dass sie ihren Pharao nie mit seinem Namen ansprachen.
Was ein Pharao befohlen hatte, war Gesetz: Es war verboten, ihm zu widersprechen.
Manche Ägypter glaubten auch, dass der Pharao das Wetter bestimme und Einfluss auf die Natur und die Nilflut habe.

Ein Pharao war sehr reich. Er trug kostbare Kleidung und Schmuck. Der Herrscher lebte in einem riesigen Palast und hatte sehr viele Angestellte.
Meist trug er auf seinem Kopf entweder eine Krone oder ein blau-gold gestreiftes Königskopftuch.
Dieses Kopftuch wurde Nemes-Tuch genannt.
An Festen oder anderen besonderen Tagen trug der Pharao einen künstlichen, geflochtenen Kinnbart.

- ✓ Als erster Pharao ließ sich Pharao Djoser ein riesiges Grab bauen – so entstand die erste Pyramide.
- ✓ Pharao Cheops: Nach ihm ist die Cheops-Pyramide benannt. Diese ist die größte Pyramide Ägyptens. Alle seinen Untertanen mussten beim Bau dieser Pyramide mithelfen. Mehr als zwei Millionen Steinblöcke wurden für die Pyramide gebraucht.
- ✓ Pharao Ramses II. regierte Ägypten über 60 Jahre lang. Das war beachtlich, da die Menschen damals meist nur etwa 40 Jahre alt wurden.
- ✓ Pharao Echnaton regierte mit seiner Frau Nofrete zusammen. Er verbot es den Menschen, an die vielen Götter zu glauben. Lediglich der Sonnengott Re durfte weiter verehrt werden.

Es gab auch Frauen, die das Alte Ägypten regierten:

- ✓ Königin Hapschepsut war die erste weibliche Herrscherin in Ägypten und soll besonders schön gewesen sein.
- ✓ Königin Cleopatra stammte eigentlich aus Griechenland. Sie war die letzte Herrscherin in Ägypten und die Geliebte von Julius Caesar. Sie verbündete sich mit den Römern.

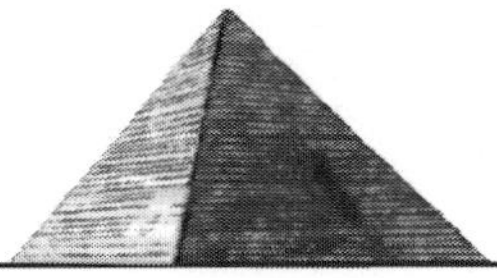

Station 6 – Herrscher im Alten Ägypten – der Pharao (2)

Der Pharao & berühmte Pharaonen

Das Wort Pharao bedeutet übersetzt	„großes Haus“.	x
	„kleines Haus“.	
Pharao Djoser ließ sich als erster Pharao	einen Palast bauen.	
	eine Pyramide bauen.	x
Pharao Ramses II. regierte Ägypten über	70 Jahre lang.	
	60 Jahre lang.	x
Es gab im Alten Ägypten	auch Königinnen.	x
	keine Königinnen.	
An Festen trug der Pharao einen geflochtenen,	echten Bart.	
	künstlichen Bart.	x
Das Königskopftuch wurde	Nemes-Tuch genannt.	x
	Nessie-Tuch genannt.	

Lernbiene®

Station 6 – Herrscher im Alten Ägypten – der Pharao (2)

Der Pharao & berühmte Pharaonen

Die letzte Königin im Alten Ägypten hieß	Cleopatra.		x
	Cleopatri.		
Über 60 Jahre regierte im Alten Ägypten	Pharao Ramses III.		
	Pharao Ramses II.		x
Es war verboten, dem Pharao	ins Gesicht zu schauen.		
	zu widersprechen.		x
Pharao Echnaton ließ nur noch den Gott	Re (Sonnengott) zu.		x
	Re (Mondgott) zu.		
Das Nemes-Tuch war ein blau-gold gestreiftes	Königshalstuch.		
	Königskopftuch.		x
Nach Pharao Cheops wurde eine Pyramide benannt. Sie ist die	größte Pyramide.		x
	älteste Pyramide.		

Station 6 – Herrscher im Alten Ägypten – der Pharao (3)

Station 7 – Tutanchamun (1)

Tutanchamun ist wohl der bekannteste Pharao Ägyptens.

Er kam vor über 3000 Jahren an die Macht und zwar als Neunjähriger. Man vermutet, dass er aufgrund seines jungen Alters stark von den herrschenden Priestern und Beamten sowie von Eje II., einem altägyptischen König, beeinflusst wurde.

Zehn Jahre lang blieb er an der Macht, bis er im Alter von nur 19 Jahren starb.

Bis heute weiß man nicht, ob es sich um einen natürlichen Tod handelte oder ob er durch einen Jagdunfall starb. Hartnäckig hielt sich lange ein Gerücht, Tutenchamun sei vielleicht sogar ermordet worden, aber dies scheint mittlerweile ausgeschlossen zu sein.

Natürlich wurde Tutanchamun wie alle Pharaonen sehr kunstvoll beigesetzt. Viele Jahre lang wusste man nicht, wo Tutanchamun bestattet wurde.

Ein englischer Archäologe namens Howard Carter machte sich Anfang des 20. Jahrhunderts auf den Weg nach Ägypten, um nach dem Grab zu suchen. Nachdem seine Suche zunächst erfolglos war, fand er dann nach acht Jahren den unauffälligen Eingang zur mächtigen Grabanlage Tutanchamuns.

Dies war die erste vollständig erhaltene und ungeplünderte Grabanlage, die jemals gefunden wurde. Die Grabanlage bestand aus mehreren Kammern. In den Vorräumen wurden zahlreiche Schätze gefunden und auch einige Einrichtungsgegenstände wie Throne, Truhen und Schemel.

In der Grabkammer befand sich ein riesiger Sarkophag aus Gold. Darin lag die Mumie des Tutanchamuns. Vor seinem Gesicht hatte Tutanchamun eine sehr wertvolle Maske aus Gold, die über zehn Kilogramm wog und mit Glas, Fayence und Halbedelsteinen besetzt war. Die goldenen und blauen Streifen sind die typischen Erkennungszeichen der Maske.

In der Grabkammer wurden viele Schätze und Kostbarkeiten gefunden, so dass Howard Carter fast zehn Jahre brauchte, um alle Schätze zu bergen. Diese kann man heute noch im Museum von Kairo besichtigen und bestaunen.

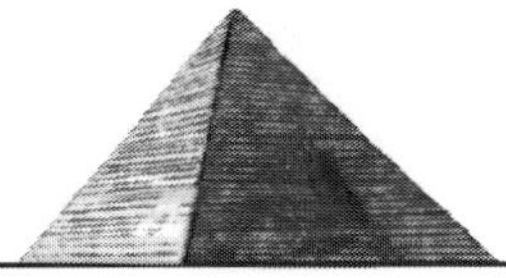

Station 7 – Tutanchamun (2)

Steckbrief

Name ____

Wann kam er an die Macht? ______________________________

____

Alter bei Thronbesteigung: ______________________________

Wie lange blieb er an der Macht? __________________________

Sterbealter: ____

Todesursache: ______________________________________

____

____

Wer fand sein Grab? ___________________________________

Beschreibe sein Grab. __________________________________

____

____

____

____

____

Wo kann man die Schätze aus seinem Grab heute noch besichtigen?

____

Das weiß ich sonst noch: _______________________________

____

____

____

____

Station 7 – Tutanchamun (3)

Station 8 – Die ägyptischen Götter (1)

Die Menschen im Alten Ägypten hatten einen ganz anderen religiösen Glauben als wir heutzutage. Für die Menschen zur damaligen Zeit spielten unterschiedliche Göttinnen und Götter eine wichtige Rolle: Für jeden Ort, jedes Handwerk und jedes Geschehen (beispielsweise die Ernte) war eine eigene Gottheit zuständig. Auch für jedes Gefühl – Trauer, Freude usw. – gab es ein zuständiges himmlisches Wesen.
Die Göttinnen und Götter wurden auf drei unterschiedliche Art und Weisen dargestellt:
In Menschengestalt, in Tiergestalt oder als menschlicher Körper mit Tierkopf.

Um einen Platz für die Götterverehrung zu haben, bauten die Ägypter riesige Tempel.
Zu den wichtigsten Göttern gab es darin Statuen, die verehrt wurden und mit kleinen Geschenken milde gestimmt werden sollten. Die Geschenke durften aber nicht von den Menschen des Volkes überbracht werden, denn die Tempel durften nur von Priestern betreten werden. Daher übernahmen die Priester diese Aufgabe.

Heute kann man in Ägypten noch einige dieser Tempel besichtigen. Berühmt ist der große Tempel von Abu Simbel, der vor ca. 3000 Jahren im Auftrag von Ramses II. erbaut wurde. Am Eingang stehen 20 Meter hohe Ramses-Statuen. Genau zwei Mal im Jahr dringen die Strahlen der aufgehenden Sonne in den Tempel ein und erleuchten die Götterstatuen im Inneren.

Station 8 – Die ägyptischen Götter (2)

Isis

Isis ist eine weibliche Göttin, Heilerin und Magierin.
Als einzige Göttin hatte sie magische Kräfte.
Für alle Wesen (Menschen und Tiere) war sie Schutzherrin, Bewacherin und Betreuerin.
Sie war die Mutter von Gott Horus. Deshalb wird sie meist als Mutter mit ihrem Kind auf dem Schoß dargestellt.
Bei anderen Darstellungen sieht man sie als zierliche, aufrecht stehende Frau oder als elegant sitzende Frau.
Manchmal hat sie Kuhhörner und eine Sonnenscheibe auf dem Kopf.

Anubis

Anubis ist ein Gott aus dem Alten Ägypten. Er war der Gott der Einbalsamierer und Beschützer der Verstorbenen, da er über die Mumifizierung des Körpers wachte.
Anubis war für die rituelle Vorbereitung der Toten zuständig.
Indem er die Toten berührte, reinigte er sie zugleich.
Er schmückte und begleitete auch die Toten auf ihrem Weg in ihr Leben nach dem Tod. Nur er und seine Helfer durften die Toten berühren.
Die Menschen richteten ihre Gebete für die Toten an ihn.
Eine andere Funktion hatte er als Schutzgott des Militärs.
Anubis' Vater war der Sonnengott Re. Anubis hatte noch drei Geschwister.
Er wurde als hundeähnliche Gestalt dargestellt: entweder als Mensch mit Schakalkopf (Schakal = wolfsähnlicher Wildhund) oder als liegender Hund.

Station 8 – Die ägyptischen Götter (3)

Sobek

Er war ein Gott im Neuen Reich.

Sobek wurde auch Krokodilsgott genannt, denn er war der Herrscher über das Wasser und auch der Fruchtbarkeitsgott.

Die Ägypter glaubten daran, dass aus seinen Tränen der Nil entstanden sei.

Meist wurde er mit menschlichem Körper und Krokodilskopf dargestellt.

In der linken Hand hielt er einen Stab und in der rechten Hand ein Anch (= Lebenssymbol der Alten Ägypter).

Die Krokodile wurden im Alten Ägypten als heilige Tiere verehrt, wahrscheinlich auch ein bisschen aus Furcht, da sie so gefährlich waren. Im Nil leben zwei verschiedene Krokodilarten: Nilkrokodile und Westafrikanische Krokodile.

Ra

Der Gott Ra wurde auch oft als Gott Re benannt.

Er war der altägyptische Sonnengott und gleichzeitig der wichtigste Gott der Ägypter. Nur durch ihn und das Wirken seiner Kraft, so glaubte man, wurde das Leben auf der Erde ermöglicht. Durch ihn wurden die Schatten der Nacht – also die Dunkelheit – vertrieben.

Ra gilt als Schöpfer und Herrscher des Lebens und der Welt.

Es gibt die verschiedensten Darstellungen von Ra. Meist wird er als Mensch mit einer leuchtenden Sonnenscheibe auf dem Kopf dargestellt. Seinen Körper und seine Arme bildete man aus leuchtendem Gold ab. Manchmal wird er auch als Gott mit Falkenkopf dargestellt.

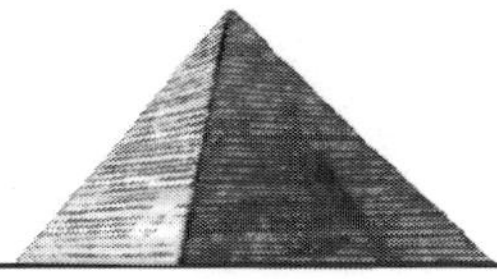

Station 8 – Die ägyptischen Götter (4)

Horus

Der Gott Horus hatte mehrere Funktionen: Er war Himmelsgott, Königsgott, Welten- und Lichtgott und auch Beschützer der Kinder.

Er wird meist als Falke dargestellt oder als Mensch mit Falkenkopf. Manchmal trägt er auf seinem Kopf eine Doppelkrone.

Es wird erzählt, dass Horus von einem Skorpion gebissen wurde und nur durch magische Formeln geheilt werden konnte.

Später sagte man über ihn, dass er andere von Skorpionbissen heilen konnte.

Seine Ehefrau war die Göttin Hathor. Sie hatten auch einen gemeinsamen Sohn namens Ihi.

Die verschiedenen Göttinnen und Götter

Station 8 – Die ägyptischen Götter (5)

Nicht nur bei den Alten Ägyptern gab es Götter. In jeder Zeit und auch noch heute haben die Menschen einen Gott, an den sie glauben.

An wen oder was glaubst du? Warum glaubst du daran? Denke daran, dass der Begriff „Gott“ in einer größeren Dimension gesehen werden kann. Es können auch Dinge wie Liebe, Macht, Freude, Geld usw. darunter verstanden werden.

Du kannst auch die Dinge, an die du glaubst, zeichnen.

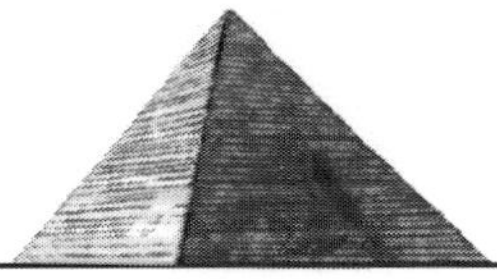

Station 9 – Die Pyramiden (1)

Die ersten Pyramiden wurden vor ungefähr 5000 Jahren erbaut. Sie entstanden ausschließlich im sogenannten Alten Reich, das etwa 500 Jahre andauerte und auch Pyramidenzeitalter genannt wird.

Alle Pyramiden, die gebaut wurden, hatten drei Dinge gemeinsam:

- ✓ Sie lagen in der Nähe des Nils. Auf dem Nil konnten die schweren Steine transportiert werden und somit waren es kurze Wege bis zur Baustelle.
- ✓ Sie lagen in Palastnähe, da der Pharao seine Pyramide und zukünftige Grabstätte immer sehen wollte.
- ✓ Sie waren nach Westen ausgerichtet. Dies hatte mit dem damaligen Glauben zu tun: Angeblich reiste der Sonnengott Re jeden Tag über den Himmel und man glaubte, der tote Pharao würde ihn dabei begleiten.

Die allererste Pyramide, die in Ägypten gebaut wurde, wurde ungefähr 2680 vor Christus von Pharao Djoser in Auftrag gegeben. Sie heißt deshalb auch „Pyramide von Djoser".
Pharao Djoser wollte eine größere und schönere Grabstätte als alle bisher bekannten.

Bevor Pyramiden gebaut wurden, waren die Grabstätten in Ägypten die sogenannten „Mastaba". Das Wort ist arabisch und bedeutet übersetzt „Bank". Eine Mastaba war aus Lehmziegeln einstöckig und flach gebaut. Unter der Erde befand sich die Grabkammer, in der die Mumie sowie die Möbel und Schätze des Verstorbenen untergebracht waren.

Der Baumeister Imhotep baute für Pharao Djoser zunächst eine sehr große Mastaba aus Stein. Der Pharao war damit aber nicht zufrieden. Deshalb beschloss Imhotep, eine zweite und etwas kleinere Mastaba auf die erste Mastaba zu bauen. Da der Pharao damit noch immer unzufrieden war, wiederholte sich der Vorgang noch viermal. Dann endlich war der Pharao zufrieden. Seine Pyramide hatte jetzt sechs Stockwerke und war fast 60 Meter hoch.

Die berühmtesten Pyramiden in Ägypten sind die Pyramiden von Gizeh, einem Vorort von Kairo. Die Pyramiden von Gizeh zählen zu den sieben Weltwundern, sind gleichzeitig das einzig erhaltene der sieben Weltwunder der Antike und wurden vor fast 5000 Jahren erbaut. Mit den Pyramiden von Gizeh meint man vor allem die drei Pyramiden, deren Bauherren die Pharaonen Cheops, Chephren und Mykerinos waren. Auch die Große Sphinx und einige kleinere Pyramiden, in denen die Frauen der Pharaonen begraben wurden, gehören dazu. Ebenfalls befinden sich Arbeiterdörfer, Tempel und Grabfelder auf dem Gelände.

Station 9 – Die Pyramiden (2)

Pharao Cheops ließ die Cheops-Pyramide erbauen. Mit einer Höhe von 147 Metern ist sie die größte und berühmteste der Pyramiden von Gizeh. Sie wurde aus über zwei Millionen Steinblöcken erbaut und die Bauzeit betrug etwa 20 Jahre.
Sehr viele Menschen waren mit dem Bau einer solchen Pyramide beschäftigt. Es war eine große Ehre, wenn man am Bau einer Pyramide mitwirken durfte. Gebraucht wurden unter anderem Steinmetze, Tischler, Gipser, Maler, Maurer, Schiffsbauer und viele Bauern als Hilfsarbeiter. Aber auch Ärzte und Bäcker wurden benötigt, um die ganzen Arbeiter zu versorgen. Die Arbeiter lebten in einem extra angelegten Arbeiterdorf neben der Baustelle und wurden für ihre Dienste gut bezahlt.

Pharao Chephren ließ die Chephren-Pyramide erbauen. Sie ist 140 Meter hoch.
Ein einzelner Stein der Pyramide ist etwa so hoch wie ein Erwachsener.
Vor dieser Pyramide befindet sich eine Sphinx. Bis heute ist unklar, welche Aufgabe der Sphinx zugedacht war, aber man geht davon aus, dass sie das Gelände von Gizeh bewachen sollte. Erstellt wurde die Sphinx aus einem einzigen Felsen.
Der Körper stellt einen Löwen und der Kopf einen Menschen (wahrscheinlich Pharao Chephren) dar. Die Sphinx hat eine Höhe von 20 Metern und eine Länge von 74 Metern.

Wie sah es im Inneren einer Pyramide aus?
Im Inneren der Pyramide gab es viele Schätze aus Gold und Silber, denn dem Pharao sollte es dort an nichts fehlen. Zur Grabkammer führten enge Gänge. Da man die Schätze in der Pyramide vor Diebstahl schützen wollte, wurden die Gänge labyrinthartig angelegt.
Lediglich ein einziger Gang führte zur Grabkammer. In dieser wurde der Pharao mit vielen Schätzen beigesetzt.

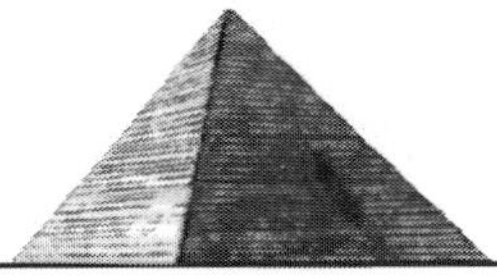

Station 9 – Die Pyramiden (3)

Folgende zehn Begriffe aus dem Pyramidentext sind im Suchsel versteckt:

Grabkammer, Pharao, Palastnähe, Mastaba, Imhotep, Gizeh, Cheops, Steinmetz, Chephren, Sphinx

Findest du sie alle?

Die Richtungen, in denen die Wörter laufen können, sind waagerecht, senkrecht und diagonal, vorwärts und rückwärts. Ä = AE.

Markiere die Wörter im Suchsel farbig. Viel Erfolg beim Suchen!

S	N	M	W	E	G	H	U	L	G	W	D	B	J	R	S
P	Q	H	J	M	R	N	F	X	D	T	E	Z	I	R	D
A	B	A	T	S	A	M	D	S	D	H	G	K	P	K	Z
L	E	R	N	H	B	P	E	T	O	H	M	I	K	E	R
A	G	H	U	D	K	N	M	S	A	D	T	D	Z	U	H
S	K	J	V	D	A	G	N	M	R	B	N	M	W	E	R
T	R	G	J	X	M	S	A	E	A	A	F	J	Z	N	H
N	H	J	W	Q	M	K	L	M	H	N	A	E	A	E	S
A	H	L	O	N	E	N	E	S	P	O	E	H	C	F	D
E	G	J	L	K	R	X	R	W	E	A	S	N	H	M	F
H	G	I	O	Z	N	U	H	N	M	E	S	F	E	V	B
E	B	V	E	I	W	Q	A	F	H	K	T	V	P	H	D
J	D	N	H	G	S	D	W	E	R	K	A	J	H	N	M
L	T	P	H	E	H	A	G	N	K	E	H	D	R	W	J
K	S	T	E	I	N	M	E	T	Z	K	M	V	E	N	A
W	J	K	O	T	R	Q	J	Z	N	R	K	H	N	F	S

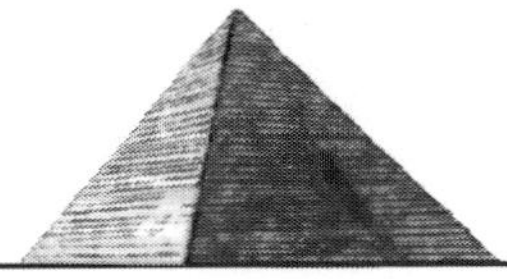

Station 9 – Die Pyramiden (3)

Zehn Begriffe aus dem Pyramidentext sind in Form von Silben im Suchsel versteckt:
Sphinx *** metz ***zeh *** last *** Pha *** Stein *** kam *** Mas *** Grab *** Im *** ops tep *** Cheph *** ba *** ta ***nae *** Che *** ren *** Gi *** Pa *** mer *** rao *** ho *** he

Findest du sie alle? Richtungen, in denen die Wörter laufen können: waagerecht, senkrecht und diagonal, vorwärts und rückwärts. Ä = AE. Viel Erfolg beim Suchen!

S	N	M	W	E	G	H	U	L	G	W	D	B	J	R	S
P	Q	H	J	M	R	N	F	X	D	T	E	Z	I	R	D
A	B	A	T	S	A	M	D	S	D	H	G	K	P	K	Z
L	E	R	N	H	B	P	E	T	O	H	M	I	K	E	R
A	G	H	U	D	K	N	M	S	A	D	T	D	Z	U	H
S	K	J	V	D	A	G	N	M	R	B	N	M	W	E	R
T	R	G	J	X	M	S	A	E	A	A	F	J	Z	N	H
N	H	J	W	Q	M	K	L	M	H	N	A	E	A	E	S
A	H	L	O	N	E	N	E	S	P	O	E	H	C	F	D
E	G	J	L	K	R	X	R	W	E	A	S	N	H	M	F
H	G	I	O	Z	N	U	H	N	M	E	S	F	E	V	B
E	B	V	E	I	W	Q	A	F	H	K	T	V	P	H	D
J	D	N	H	G	S	D	W	E	R	K	A	J	H	N	M
L	T	P	H	E	H	A	G	N	K	E	H	D	R	W	J
K	S	T	E	I	N	M	E	T	Z	K	M	V	E	N	A
W	J	K	O	T	R	Q	J	Z	N	R	K	H	N	F	S

Suche dir zwei der gefundenen Begriffe aus und erkläre sie in deinen Worten.

Station 10 – Ägyptische Familien (1)

Die Alten Ägypter waren sehr familiär und kinderlieb eingestellt.	Jungen halfen dem Vater bei dessen Beruf und erlernten diesen Beruf später selbst (Fischer, Bauer, Handwerker). Mädchen halfen der Mutter im Haushalt.
Bis zum vierten Lebensjahr hatten die Kinder im Alten Ägypten Zeit zum Spielen. Sie bekamen Spielzeuge wie Kreisel, Puppen, Holztiere und ...	Sie lernten lesen sowie schreiben und erwarben Kenntnisse in Geometrie und Mathematik, Geografie und Religion.
Leider war die Kindheit aber schnell vorbei, da die Kinder rasch an Pflichten herangeführt wurden. So heirateten Mädchen mit ...	... spielten auch Ballspiele. Die Bälle bestanden aus bis zu 12 Lederstreifen, die um einen Kern aus Stroh und Schilf gewickelt waren.
Mädchen und Jungen aus einfacheren Familien besuchten keine Schule. Sie halfen den Eltern.	Diese „Locke“ wurde als Zeichen des Erwachsenwerdens mit Eintritt in das Jugendalter abgeschnitten.
Dagegen besuchten Kinder der reichen Oberschicht die Schule.	... ungefähr 12 Jahren und die Jungen meist mit 14 Jahren.
Kinder bekamen meist den Kopf rasiert, aber eine Strähne ließ man bis zur Schulter wachsen.	Die Eltern spielten mit ihren Kindern und sorgten sehr gut für sie.

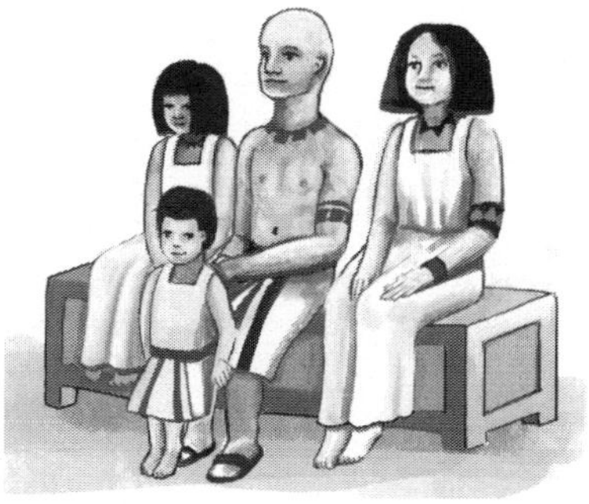

Station 10 – Ägyptische Familien (2)

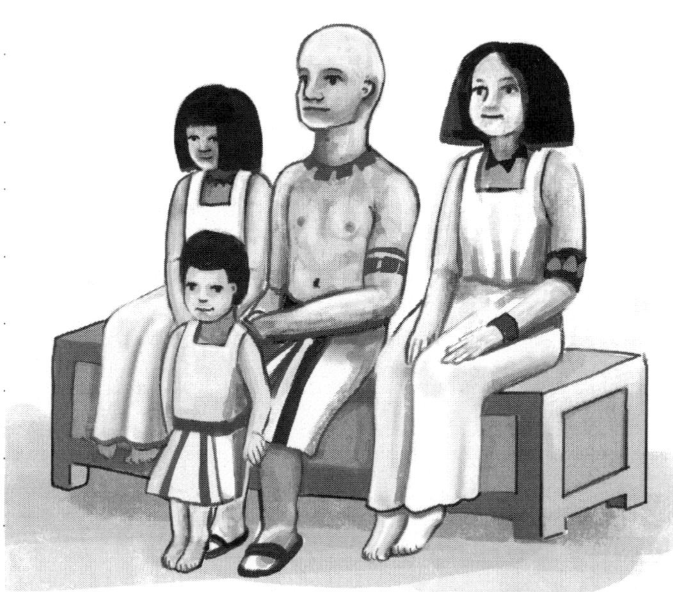

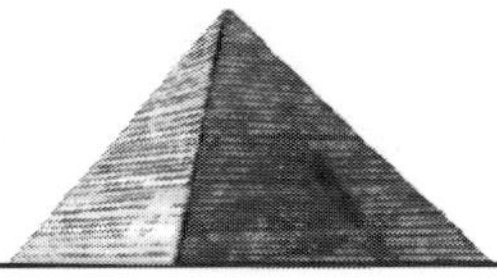

Station 10 – Ägyptische Familien

Die Alten Ägypter waren familiär und kinderlieb eingestellt. Die Eltern spielten mit ihren Kindern und sorgten sehr gut für sie. Kinder waren bei den Ägyptern sehr willkommen, was auch daran lag, dass die Kinder ihre Eltern später im Alter versorgten. Daher stellten Kinder für die Ägypter eine Art Absicherung dar.

Bis zum vierten Lebensjahr hatten die Kinder im Alten Ägypten Zeit zum Spielen und bekamen Spielzeuge wie Kreisel, Puppen und Holztiere. Aus dem Nilschlamm modellierten die Eltern für ihren Nachwuchs Figuren. Wenn diese getrocknet waren, konnte man schön mit ihnen spielen. Die ägyptischen Kinder spielten auch Ballspiele. Die Bälle bestanden aus bis zu 12 Lederstreifen, die um einen Kern aus Stroh und Schilf gewickelt waren.

Leider war die Kindheit aber schnell vorbei, da die Kinder rasch an Pflichten herangeführt wurden. So heirateten Mädchen mit ungefähr 12 Jahren und die Jungen mit 14 Jahren.

Mädchen und Jungen aus einfacheren Familien besuchten keine Schule. Sie halfen den Eltern. Jungen gingen dem Vater bei dessen Beruf zur Hand und erlernten diesen Beruf später selbst (Fischer, Bauer, Handwerker). Mädchen halfen der Mutter im Haushalt. Dagegen besuchten Kinder der reichen Oberschicht die Schule. Sie lernten lesen sowie schreiben und erwarben Kenntnisse in Geometrie und Mathematik, Geografie und Religion.

Kinder bekamen meist den Kopf rasiert, aber eine Strähne ließ man bis zur Schulter wachsen. Diese „Locke“ wurde als Zeichen des Erwachsenwerdens mit Eintritt in das Jugendalter abgeschnitten.

Ein Spielzeug, das vor allem bei den Mädchen beliebt war.											
Für diese Beschäftigung hatten ägyptische Kinder unter 4 Jahren Zeit.											
Bei diesem Schulfach lernten die Kinder rechnen.											
Mädchen aus ärmeren Familien lernten bei der Mutter einen ... zu führen.											
Die Kinder hatten meist einen abrasierten …											
Wer besuchte die Schule? Kinder der reichen ….											
Aus welchem Material bestanden die Streifen am Ball?											

Lösungswort: ___ ___ ___ ___ ___ ___ ___

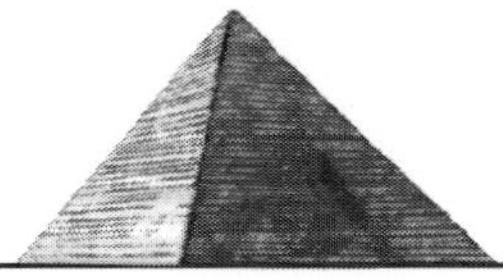

Station 11 – Die Mathematik der Ägypter (1)

Im Alten Ägypten wurde nicht nur bereits geschrieben, sondern auch gerechnet.
Jedoch benutzten die Menschen dazu nicht die Zahlen wie wir sie heute kennen, sondern hatten gezeichnete Symbole als Zahlzeichen.
Es gab nur einige wenige Zahlzeichen:

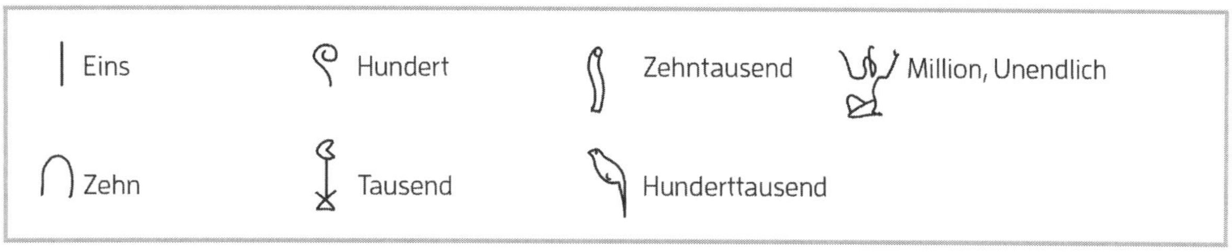

Weitere Symbole existierten nicht. Wollte man Zahlen darstellen, die sich von den abgebildeten Zeichen unterschieden, musste man sie aus den vorhandenen Zeichen zusammensetzen. Dabei wurde immer mit dem größten Zahlzeichen begonnen.

Schreibe eigene Zahlen auf, indem du die ägyptischen Zahlzeichen benutzt.
Suche dir einen Partner, der die Zahlen benennen soll.

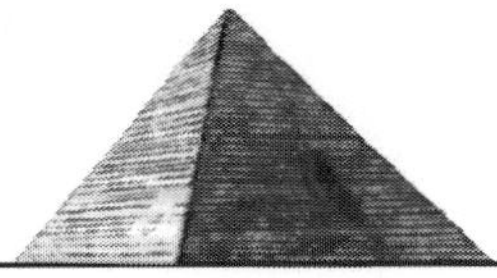

Station 11 – Die Mathematik der Ägypter (2)

Längen und Entfernungen konnten die Alten Ägypter auch schon messen, obwohl sie noch keine heutigen Maßeinheiten wie zum Beispiel Zentimeter, Meter und Kilometer kannten. Zum Messen benutzten die Ägypter ihren Körper. Die wichtigste Maßeinheit war die Elle. Darunter versteht man die Entfernungslänge vom Ellenbogen bis zur Spitze des Mittelfingers.

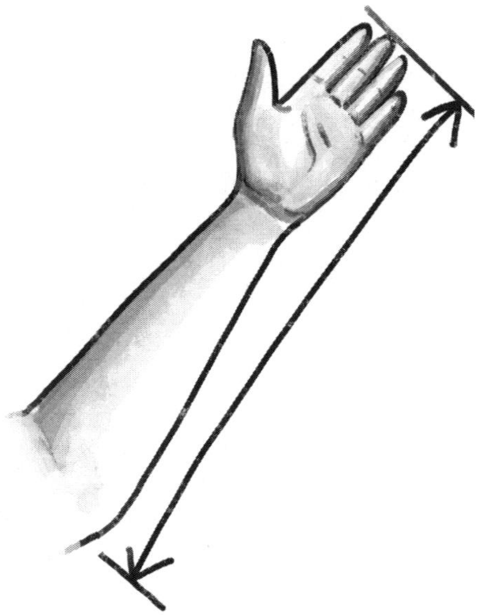

Suche dir einen Partner und nimm dir ein Metermaß. Wie lang ist bei dir eine Elle?

Wie hoch sind dein Schultisch und dein Stuhl? Benutze nur deine Elle zum Messen.

Wie groß bist du? Dein Partner soll dich erst mit dem Metermaß messen und danach noch mit seiner Elle.

Ich bin ______________ Meter bzw. ______________ Ellen groß.

Suche dir noch zwei weitere Gegenstände im Klassenzimmer.
Schreibe den Namen jedes Gegenstands auf. Miss ihn zunächst mit dem Metermaß und schreibe die Länge auf. Anschließend misst du noch wie die Alten Ägypter und schreibst ebenso die Länge des Gegenstands auf.

Station 12 – Ein ägyptisches Handwerk – Töpfern (1)

Im Alten Ägypten gab es bereits viele Berufe, die wir auch heute noch kennen. Zahlreiche Menschen waren etwa Bauern und arbeiteten in der Landwirtschaft. Es gab auch Ärzte, Rechtsanwälte und Beamte sowie Handwerker, die Schmuck und Lederwaren fertigten. Segelboote für den Nil wurden von Schiffsbauern errichtet. Bildhauer und Maler verzierten die Tempel und Paläste.
An selbst gebauten Webstühlen, die direkt auf dem Boden standen, stellten Weber Teppiche und Stoffe für Kleidung her.
Die Flechter fertigten aus Weidenzweigen Körbe, in denen die Ägypter ihre Nahrungsmittel aufbewahrten. Die Nahrung wurde so von Schmutz und Tieren ferngehalten und blieb auch länger haltbar.

Auch Töpfern war ein wichtiges ägyptisches Handwerk. Zunächst musste der Töpfer aus dem Nilschlamm Ton gewinnen. Dazu musste der Nilschlamm eine Weile in der Wärme trocknen. Zum späteren Verarbeiten konnte der Töpfer den getrockneten Ton durch Beigabe von Wasser wieder formbar machen.
Der Töpfer formte einen Gefäßboden und rollte dann lange Wülste auf einem ebenen Untergrund. Mehrere Wülste wurden übereinandergeschichtet. Die Innen- und Außenwände des entstehenden Gefäßes mussten geglättet werden. Anschließend wurde das Getöpferte im Brennofen bei starker Hitze gebrannt. Dem Ton wurde dabei das Wasser wieder entzogen.

Zum Schluss wurden die getöpferten Sachen noch aufwendig mit meist schwarzen Mustern bemalt.
Auf diese Weise stellten die Töpfer zahlreiche Dinge her, die für das alltägliche Leben der Alten Ägypter sehr nützlich waren: Töpfe, Schüsseln und Krüge.

Auch heute gibt es noch Töpfer. Manche Leute töpfern auch in ihrer Freizeit. Die Vorgehensweise ist ganz ähnlich, allerdings kann man heute einsatzfertigen Ton kaufen und muss ihn nicht erst mühsam selbst herstellen.

Station 12 – Ein ägyptisches Handwerk – Töpfern (2)

Töpfern mit Ton ist aufwendig und ein Brennofen muss vorhanden sein. Du kannst auf gleiche Art und Weise, aber viel einfacher, mit selbsthärtender Modelliermasse auf ägyptische Weise „töpfern“.

Das brauchst du:

- ✓ selbsthärtende Modelliermasse
- ✓ ein Wasserglas mit Wasser
- ✓ Wasserfarben
- ✓ einen schwarzen Filzstift

Anleitung:

1. Forme ein Stück Modelliermasse in deinen Händen zu einer Kugel. Drücke die Kugel auf dem Tisch kreisförmig platt. Du hast soeben den Boden von deinem Tontopf hergestellt.
2. Aus etwas weiterer Modelliermasse stellst du nun Wülste her. Davon brauchst du mindestens fünf Stück. Sie sollten alle etwa gleich dick und gleich lang sein. Je mehr Wülste du herstellst, desto höher wird später dein Topf.
3. Nimm die erste Wulst und drücke sie vorsichtig am äußeren Rand des Bodens fest. Lege die nächste Wulst über die untere Wulst und drücke diese ebenfalls fest. Wiederhole dies so oft, bis du alle Wülste verbraucht hast.
4. Die Innen- und Außenwände deines Topfes sind jetzt noch nicht glatt. Nimm etwas Wasser in die Hände und glätte ganz vorsichtig mit deinen Fingern die Wände. Pass dabei aber auf, dass du die Wände nicht kaputtmachst.
5. Lass deinen Topf an der Luft trocknen. Das kann bis zu zwei Tage dauern.
6. Ganz getrocknet kann der Topf mit Wasserfarben in Brauntönen bemalt werden. Die Farbe muss ebenfalls trocknen. Danach können mit dem schwarzen Filzstift Muster und Formen auf den Topf gemalt werden.

Station 13 – Bestattungsriten (1)

Kleidung, Waffen und Nahrung.	Die Gräber waren kunstvoll geschmückt und	an ein Leben nach dem Tod.	Deshalb wurden die Toten erst ungefähr
alle Flüssigkeit entzogen.	Mit Salben und Ölen wurde der Körper	konnte endlich bestattet werden.	Viele Dinge wurden mitbestattet: Möbel, Schmuck,
kunstvoll bemalt. Eine Maske, die das Gesicht darstellte, wurde aufgesetzt.	Jetzt wurde die Mumie in einen Sarg gelegt und	Mumifizierung. Dem Toten wurden alle inneren Organe entnommen.	Seinem Körper wurde mithilfe von Natronsalz
Start	Die Menschen im Alten Ägypten glaubten	die Wände bemalt.	Ende
70 Tage nach dem Tod bestattet.	So lange dauerte die	eingerieben und anschließend in Leinentücher eingewickelt.	Eine Gipsschicht wurde aufgetragen und nach dem Trocknen

Station 13 – Bestattungsriten (2)

		richtig	falsch
1.)	Die Alten Ägypter wurden gleich nach dem Tod bestattet.	[ ]	[ ]
2.)	Die Menschen glaubten an ein Leben nach dem Tod.	[ ]	[ ]
3.)	Dem Toten wurden alle Organe entnommen.	[ ]	[ ]
4.)	Ins Grab bekam der Tote auch Schmuck und Kleidung.	[ ]	[ ]
5.)	Die Gräber sahen wie unsere heutigen Gräber aus.	[ ]	[ ]
6.)	Flüssigkeit wurde dem Körper mithilfe von Natronsalz entzogen.	[ ]	[ ]
7.)	Der Tote wurde mit Ölen und Salben eingerieben.	[ ]	[ ]
8.)	Eine Maske, die das Gesicht darstellte, wurde aufgesetzt.	[ ]	[ ]
9.)	Der Tote wurde in Seidentücher eingewickelt.	[ ]	[ ]
10.)	Eine Tonschicht wurde darüber aufgetragen.	[ ]	[ ]
11.)	Die Mumie wurde am Ende in einen Sarg gelegt.	[ ]	[ ]
12.)	Die Bestattungsriten waren wichtig für die Alten Ägypter.	[ ]	[ ]

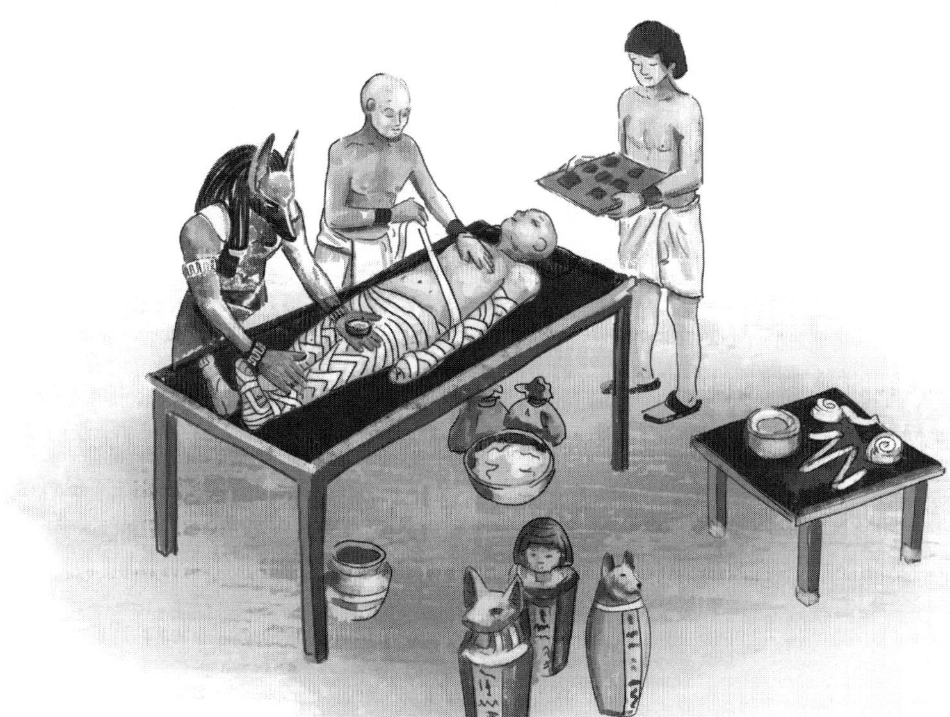

Station 14 – Die Mumien (1)

Im Alten Ägypten glaubten die Menschen an ein Leben nach dem Tod. Die Toten wurden mumifiziert, denn die Menschen waren der Auffassung, dass der Körper dadurch zu neuem Leben erweckt würde und sich aufmache, um ins Jenseits zu gelangen.

Zuvor musste aber eine Prüfung bestanden werden: Die Toten mussten in einem Gerichtssaal ihr Herz auf eine Waage legen. Nur wenn ihr Herz so leicht wie eine Feder war, durften sie ihre Reise fortsetzen, ansonsten wurden sie von einem Ungeheuer aufgefressen.
Auch die Weiterreise war beschwerlich, denn es mussten noch zusätzliche Prüfungen bestanden werden. Als lockendes Ziel wartete jedoch das Paradies: Dort sollten sie all das tun können, wovon sie schon immer geträumt hatten.

Die Mumifizierung wurde von Priestern durchgeführt und dauerte ungefähr 70 Tage. Dem Toten wurden das Gehirn und die inneren Organe entnommen. Diese wurden in Kanopenkrügen aufbewahrt. Die Krüge sahen aus wie Urnen und trugen besondere Deckel, die die Schutzgeister der Verstorbenen darstellten.

Anschließend wurde der Körper 40 Tage mit Natronsalz bedeckt, wodurch ihm alle Flüssigkeiten entzogen wurden. Danach wurde der Körper einbalsamiert, d.h. mit Salben und Ölen eingerieben und in mit Harz getränkte Leinentücher eingewickelt. Diese wurden beim Trocknen hart. Oft wurde die Mumie dann noch mit einer Gipsschicht überzogen und kunstvoll bemalt. Ganz zum Schluss bekam der Tote noch eine Maske, die sein Gesicht darstellte, aufgesetzt.
Die Mumie wurde in den Sarg gelegt. Das konnten durchaus auch mehrere ineinander passende Särge sein. Dann fand die eigentliche Bestattung statt: Der Tote wurde in sein zukünftiges Haus getragen und allerlei persönliche Dinge wurden mitbestattet, beispielsweise Möbel, Schmuck, Kleidung, Waffen und auch Essen und Trinken. Diese Dinge, so dachte man, benötigte der Tote für sein Leben im Jenseits.
Solch eine aufwendige Mumifizierung und Bestattung konnten sich natürlich nur reiche Ägypter leisten.
Die toten Körper der ärmeren Ägypter wurden in Binsenmatten gewickelt und dann im Wüstensand begraben. Durch die Hitze des Sandes wurde dem Körper auch alle Flüssigkeit entzogen und dadurch mumifizierte der Körper von selbst. So konnten nach dem Glauben der Ägypter auch die ärmeren Landesbewohner im Jenseits weiterleben.

Station 14 – Die Mumien (2)

Hier sollst du eine Mind-Map erstellen. Aber was ist das überhaupt?

In einer Mind-Map kann man verschiedene Informationen übersichtlich anordnen. So sieht man auf einen Blick, welche Informationen in einem Thema enthalten sind.

In die Mitte des Blattes wird in einem Kasten das Hauptthema notiert. Hier heißt es „Mumien“.

Vom Hauptthema gehen mehrere Striche samt Kästen ab, die zu wichtigen Unterthemen führen: zum Beispiel „Leben nach dem Tod“. Daran sitzen wieder kleinere Striche, an die weitere Kästen gezeichnet werden, um darin passende Dinge zu notieren.

Wenn dir zu einem Thema noch mehr einfällt, füge Striche und zusätzliche Themenkästen hinzu.

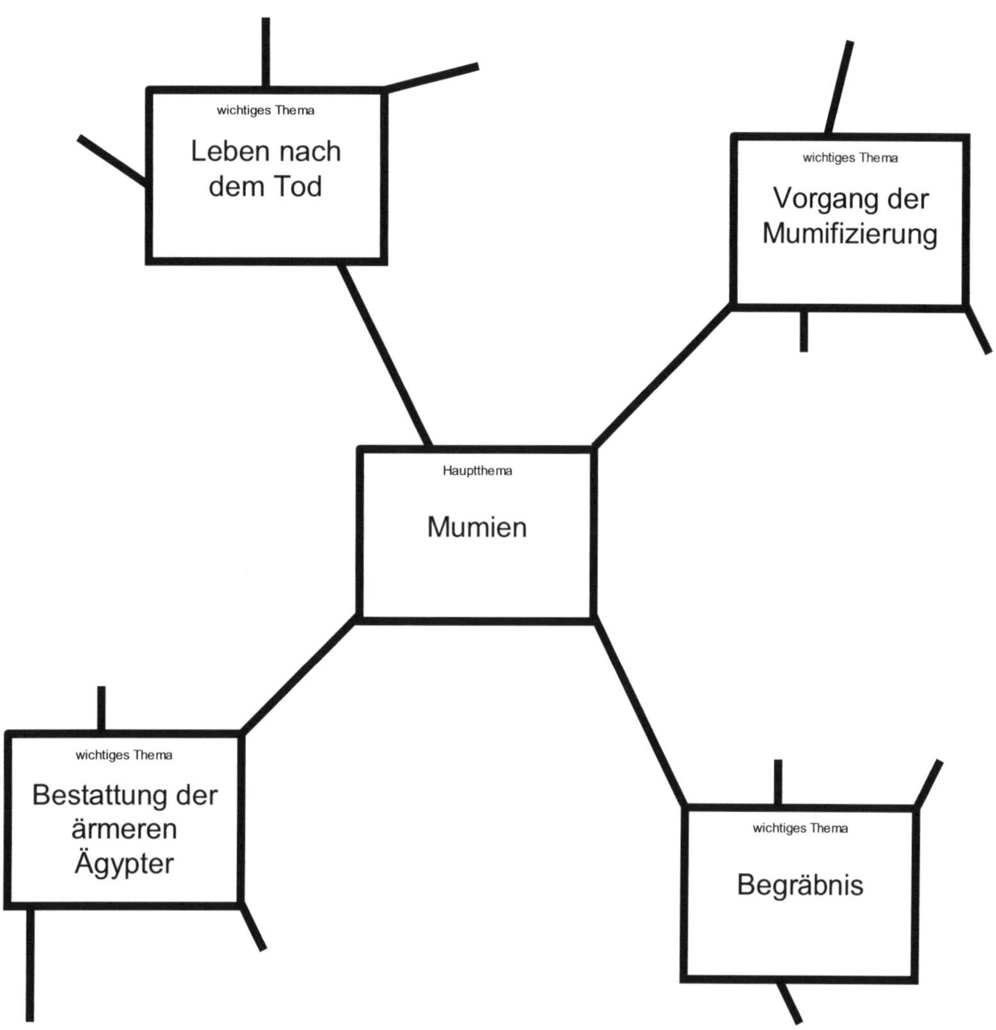

Station 14 – Die Mumien (2)

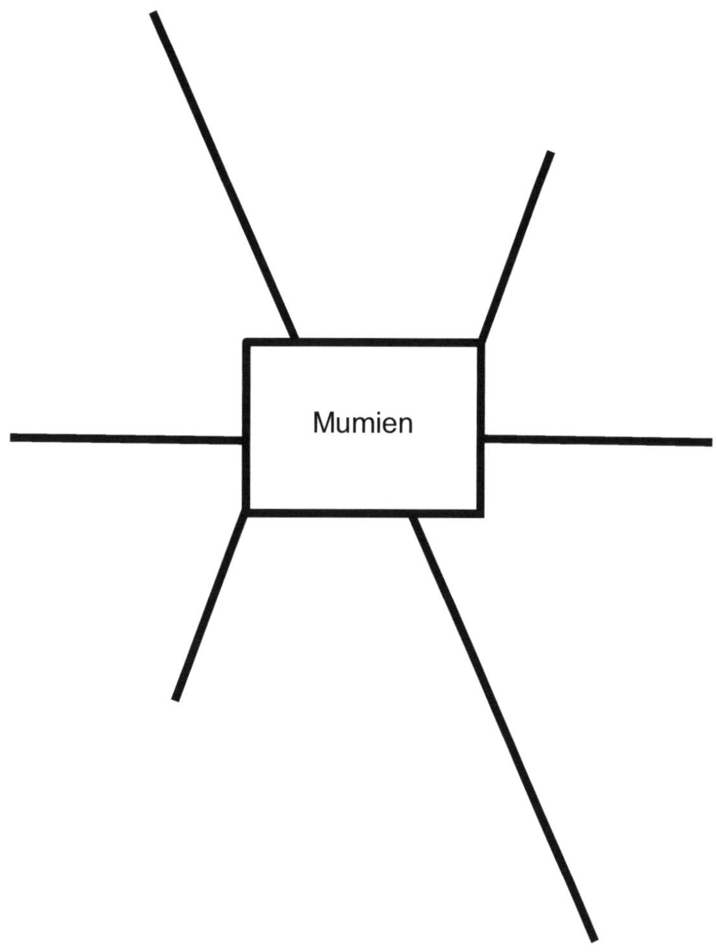

Station 15 – Feste der Ägypter (1)

Bei den Alten Ägyptern wurde viel und gerne gefeiert.

Feste bei den ärmeren und reichen Ägyptern waren sehr unterschiedlich. Die reichen Ägypter feierten viel öfter und größer. So gab es einerseits Feste, bei denen die ägyptischen Götter geehrt wurden. Andererseits gab es auch sehr viele Feste, die einfach aus Freude und Vergnügen gefeiert wurden. Diese Feste dauerten lange, waren sehr fröhlich und laut. Es wurde Musik gemacht und getanzt. Dafür wurden extra Musiker und Tänzerinnen angestellt. Für manche Feste wurden sogar Zauberer und Akrobaten engagiert.

Die Menschen zogen dafür ihre beste Kleidung an.

Auch das Essen glich sehr einem Festmahl. Es gab eine riesige Auswahl an Speisen, zum Beispiel Feigen und Trauben, Kuchen, Fische und besondere Fleischsorten wie Antilopen- und Gazellenfleisch. Getrunken wurde auf diesen Festen Bier und Wein.

Welche Feste gab es nun bei den Alten Ägyptern?

- Sie feierten auch schon Familienfeste wie Geburtstage und Begräbnisse.
- Die Bauern feierten Erntefeste, Überschwemmungen des Nils und wenn sie auf den Feldern ausgesät hatten.
- Sowohl zum Jahresbeginn als auch zum Beginn einer neuen Jahreszeit gab es ein Fest.
- Wenn es einen neuen König oder Pharao gab, wurde kräftig gefeiert.
- Auch wurden die Götter mit verschiedenen Feierlichkeiten geehrt. Solch ein Fest war zum Beispiel das Min-Fest zu Ehren des Fruchtbarkeits- und Urgotts Min. Das Fest fand während der Erntezeit statt und ähnelte unserem heutigen Erntedankfest.
- Das Sed-Fest wurde immer dann gefeiert, wenn ein Herrscher seit 30 Jahren an der Macht war. Man zeigte ihm damit Dank und die Menschen glaubten, dass sie dem Herrscher durch das Fest Lebenskraft zurückgäben.
- Das Opet-Fest war das wichtigste Fest im Alten Ägypten und dauerte 27 Tage. Zeitpunkt des Festes war immer der zweite Monat der Nilüberschwemmung. Höhepunkt dieses Festes war die Prozession in den 2,5 km entfernten Tempel von Luxor. Der Tempel war extra für diese Prozession gebaut worden. Bei diesem Fest erneuerte der Pharao seine Kräfte, damit er frisch gestärkt das nächste Jahr über gut regieren konnte.

Station 15 – Feste der Ägypter (2)

Welche Feste feierst du über das Jahr? Schreibe sie auf und erkläre sie uns. Du darfst auch dazu malen und von daheim Fotos und passende Gegenstände mitbringen.

Übe einen kurzen Vortrag ein und präsentiere vor der Klasse die Feste, die du feierst.

Station 16 – Katzen im Alten Ägypten (1)

... an die Mäuse heranschleichen. Somit schützten sie die Vorräte der Ägypter. Außerdem hatten die Katzen sehr gute Augen, die ihnen ein gutes Sehen in der Dämmerung ermöglichten. Ebenso halfen ihnen ihre empfindlichen Schnurrhaare beim Zurechtfinden in der Dunkelheit.

Starb eine Katze, ...

... die sogenannten nubischen Falbkatzen. Aber warum gerade Katzen? Die Ägypter legten Wert auf Schönheit und Anmut. Die Katzen bewegten sich sehr anmutig und wurden deshalb von den Ägyptern verehrt. Sie halfen ...

... trauerten die Menschen um sie. Die Katze wurde als Mumie zu Grabe getragen. Auch wurde eine ägyptische Göttin in Gestalt einer Katze dargestellt. Göttin Bastet stand für Liebe, Fruchtbarkeit und Vermehrung.

Heute haben viele Menschen ein Haustier. Die Alten Ägypter waren vor fast 4000 Jahren die ersten Menschen, die Haustiere hatten. Sie hielten sich Katzen, ...

... den Ägyptern aber auch im Alltag. Die Katzen waren Mäusejäger in den Kornspeichern der Ägypter. Sie hatten gute und sehr bewegliche Ohren. Damit hörten sie selbst sehr feine Geräusche und konnten sich dann ganz leise ...

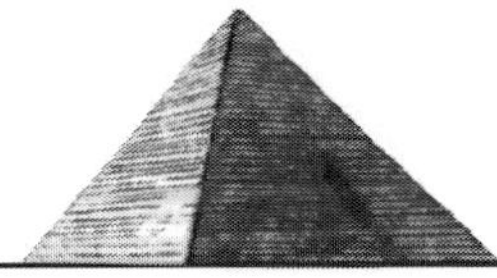 

Station 16 – Katzen im Alten Ägypten (1)

... in der Dämmerung ermöglichten. Sie sahen sechsmal besser als die Menschen. Ebenso halfen ihnen ihre empfindlichen Schnurrhaare beim Zurechtfinden in der Dunkelheit. Starb eine Katze, ...

... an die Mäuse heranschleichen. Somit schützten sie die Vorräte der Ägypter. Außerdem hatten die Katzen sehr gute Augen, die ihnen ein gutes Sehen ...

... die Haustiere hatten. Sie hielten sich Katzen, die sogenannten nubischen Falbkatzen. Aber warum gerade Katzen?
Die Ägypter legten Wert ...

Heute haben viele Menschen ein Haustier. Die Alten Ägypter waren vor fast 4000 Jahren die ersten Menschen, ...

... in den Kornspeichern der Ägypter. Sie hatten gute und sehr bewegliche Ohren. Damit hörten sie selbst sehr feine Geräusche und konnten sich dann ganz leise ...

... auf Schönheit und Anmut. Die Katzen bewegten sich sehr anmutig und wurden deshalb von den Ägyptern verehrt. Sie halfen den Ägyptern aber auch im Alltag. Die Katzen waren Mäusejäger ...

... Fruchtbarkeit und Vermehrung. Woher weiß man das alles?
Es gibt viele archäologische Funde von Statuen, Bildern und Zeichnungen, auf denen die nubische Falbkatze abgebildet ist.

... trauerten die Menschen um sie. Die Katze wurde als Mumie zu Grabe getragen. Auch wurde eine ägyptische Göttin in Gestalt einer Katze dargestellt. Göttin Bastet stand für Liebe, ...

Station 16 – Katzen im Alten Ägypten (2)

Lösung Station 1 – Das Alte Ägypten und der Nil (2)

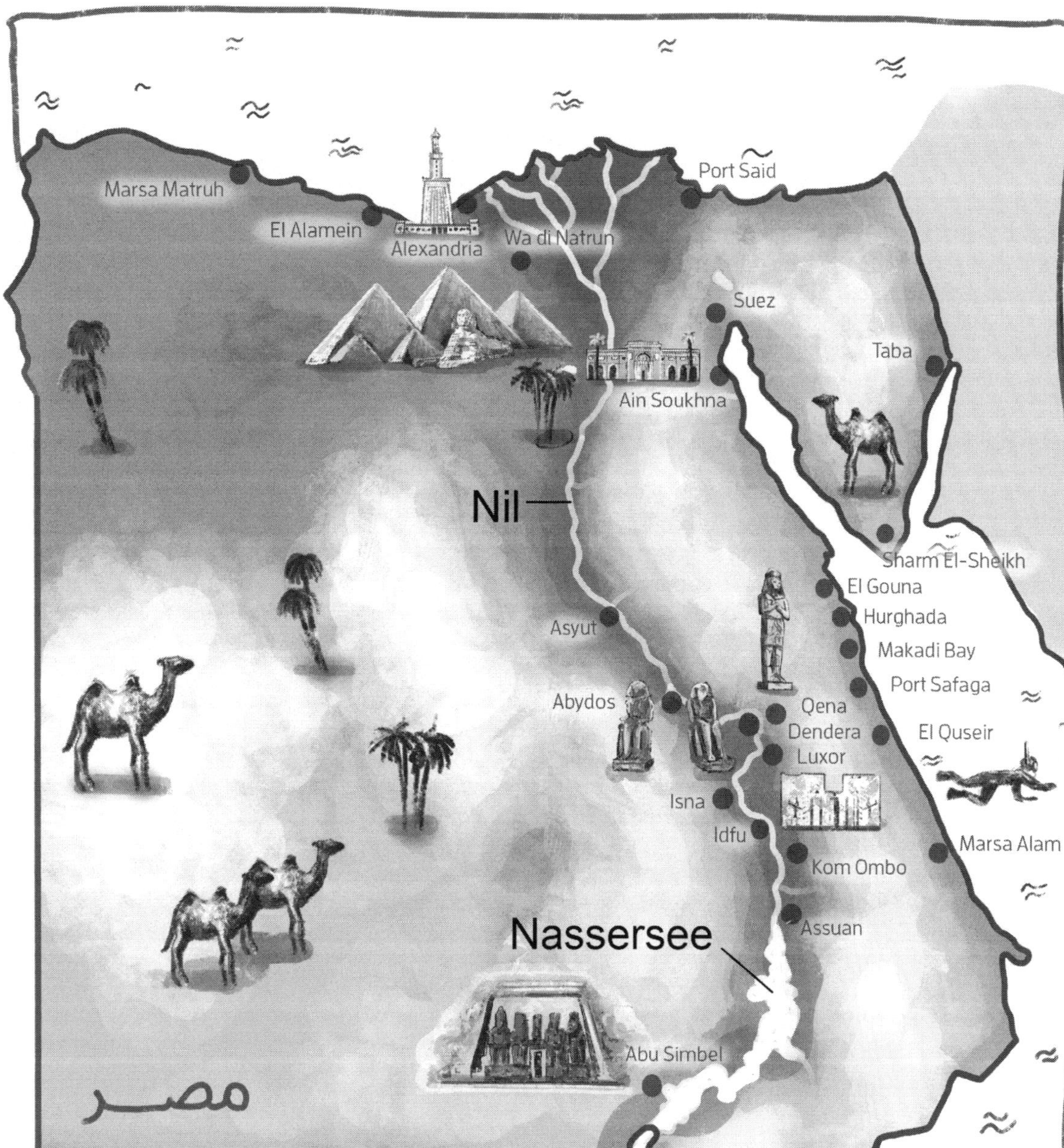

3000 vor Christi — 2000 vor Christi — 1000 vor Christi — Christi Geburt

Das Alte Reich	Das Mittlere Reich	Das Neue Reich
ca. 2686 v. Chr. bis 2181 v. Chr.	ca. 2025 v. Chr. bis 1650 v. Chr.	ca. 1550 v. Chr. bis 1069 v. Chr.

Lösung Station 2 – So wohnten die Ägypter (3)

1.) Die ägyptischen Häuser wurden hauptsächlich aus folgendem Material gebaut:

[ ] Beton U

[ ] Stahl D

[**x**] Lehmziegel E

2.) In den Truhen der reichen Ägypter wurde(n) __________ aufbewahrt.

[**x**] Kleidung R

[ ] Essensvorräte Z

[ ] Medikamente J

3.) Was machten die Ägypter vor allem in ihrem Hof und auf dem Dach?

[ ] schreiben und lesen P

[ ] häkeln und stricken O

[**x**] backen und kochen T

4.) Wer half den reichen Ägyptern im Haushalt?

[ ] Sklaven L

[ ] Kinder H

[**x**] Diener A

5.) Warum lag der Kopf im Schlaf auf Nackenstützen?

[ ] Damit sie besser schlafen konnten. S

[**x**] Damit keine Tiere in Mund, Nase oder Ohren krabbeln konnten. G

[ ] Damit sie nicht schnarchten. W

6.) Warum hatten die Häuser kleine Fenster?

[ ] Die empfindlichen Augen sollten vor Sonne geschützt werden. F

[**x**] Möglichst viel Wärme sollte draußen bleiben. N

[ ] Wilde Tiere konnten nicht ins Haus gelangen. M

Das hatten reiche Ägypter auch schon. Einen …

Lösungswort: **GARTEN**

Lösungsvorschlag Station 3 – Kleidung und Schmuck (3)

eine arme Ägypterin 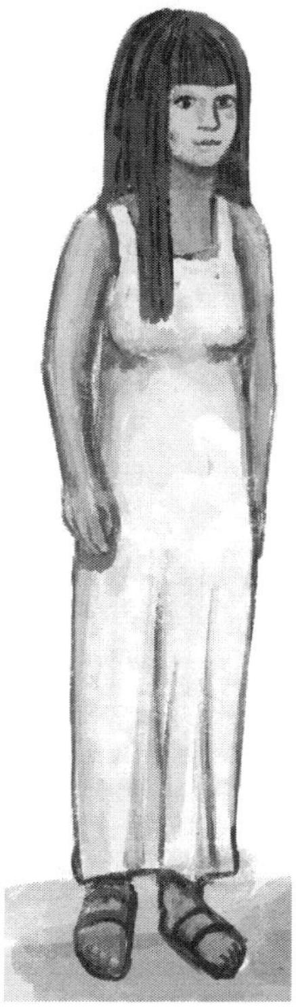	ein armer Ägypter 
eine reiche Ägypterin 	ein reicher Ägypter 

Lösung Station 3 – Kleidung und Schmuck (4)

Beschreibe ganz genau deine Lieblingskleidung (Material, Farbe). Trägst du Schmuck? Wie sieht deine Frisur aus? Vergleiche dich mit einem Ägypter – egal ob reich oder arm.

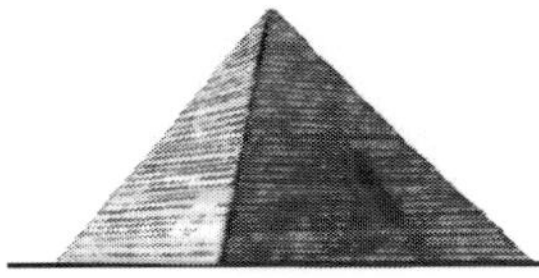

Lösung Station 4 – Die Hieroglyphen (2)

1. Versuche, deinen Namen in Hieroglyphen zu schreiben.
   Falls Buchstaben fehlen, ersetze sie mit unseren Buchstaben.

2. Versuche, folgende Wörter in Hieroglyphenschreibweise in unsere Schrift zu „übersetzen.“

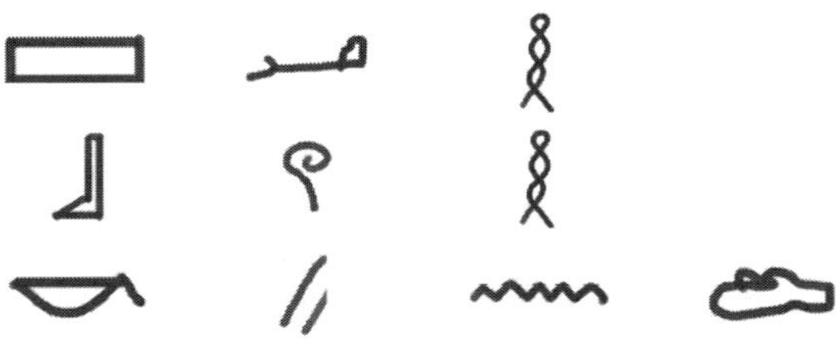

Schach

Buch

Kind

a	i,j	a	w, u	b	p	f	m	n	r
h	ch	s	sch	k	k	g	t	tj	d
dj	i	n	m	w, u, o	aa	wa	pa	ma	ha
ha	sa	sa	ka	ta	da	ha	di	rw, ru	sw
dw	nb	mj, mi	tj, ti	aw, au	nw, nu	hp	hm	tm	jn, in
wn	mn	sn	ir	wr	hpr	nfr	htp	stp	was
hnt	hka	anh	sba	ntr	pr	mr	hr	hr	ms
hd	ib	ra							

Lösung Station 7 – Tutanchamun (2)

Steckbrief

Name: **Tutanchamun**

Wann kam er an die Macht? **Er kam vor über 3000 Jahren an die Macht.**

Alter bei Thronbesteigung: **neun Jahre**

Wie lange blieb er an der Macht? **Er blieb zehn Jahre an der Macht.**

Sterbealter: **19 Jahre**

Todesursache: **Bis heute weiß man nicht, ob es sich um einen natürlichen Tod handelte oder ob er einen Unfall hatte.**

Wer fand sein Grab? **Der englische Archäologe Howard Carter**

Beschreibe sein Grab.

Die Grabanlage bestand aus mehreren Kammern. In den Vorräumen wurden zahlreiche Schätze gefunden und auch einige Einrichtungsgegenstände wie Throne, Truhen und Schemel. In der Grabkammer befand sich ein riesiger Sarkophag aus Gold. Darin lag die Mumie des Tutanchamuns. Vor seinem Gesicht hatte Tutanchamun eine sehr wertvolle Maske aus Gold, die über zehn Kilogramm wog und mit Glas, Fayence und Halbedelsteinen besetzt war.

Wo kann man die Schätze aus seinem Grab heute noch besichtigen?

Im Museum von Kairo

Das weiß ich sonst noch: ______________________________

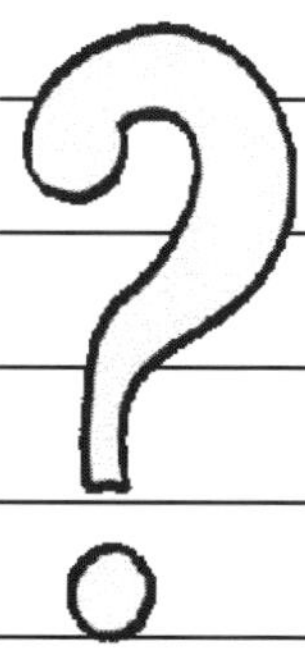

Lösung Station 7 – Tutanchamun (3)

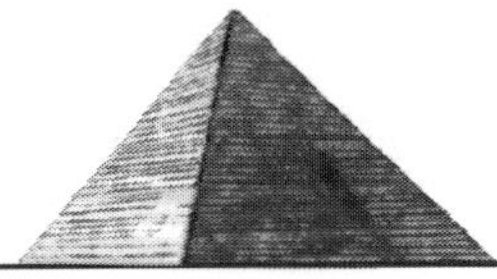

Lösung Station 9 – Die Pyramiden (3)

Folgende zehn Begriffe aus dem Pyramidentext sind im Suchsel versteckt:
Grabkammer, Pharao, Palastnähe, Mastaba, Imhotep, Gizeh, Cheops, Steinmetz, Chephren, Sphinx

Findest du sie alle?
Die Richtungen, in denen die Wörter laufen können, sind waagerecht, senkrecht und diagonal, vorwärts und rückwärts. Ä = AE.
Markiere die Wörter im Suchsel farbig. Viel Erfolg beim Suchen!

S	N	M	W	E	G	H	U	L	G	W	D	B	J	R	S
P	Q	H	J	M	R	N	F	X	D	T	E	Z	I	R	D
A	B	A	T	S	A	M	D	S	D	H	G	K	P	K	Z
L	E	R	N	H	B	P	E	T	O	H	M	I	K	E	R
A	G	H	U	D	K	N	M	S	A	D	T	D	Z	U	H
S	K	J	V	D	A	G	N	M	R	B	N	M	W	E	R
T	R	G	J	X	M	S	A	E	A	A	F	J	Z	N	H
N	H	J	W	Q	M	K	L	M	H	N	A	E	A	E	S
A	H	L	O	N	E	N	E	S	P	O	E	H	C	F	D
E	G	J	L	K	R	X	R	W	E	A	S	N	H	M	F
H	G	I	O	Z	N	U	H	N	M	E	S	F	E	V	B
E	B	V	E	I	W	Q	A	F	H	K	T	V	P	H	D
J	D	N	H	G	S	D	W	E	R	K	A	J	H	N	M
L	T	P	H	E	H	A	G	N	K	E	H	D	R	W	J
K	S	T	E	I	N	M	E	T	Z	K	M	V	E	N	A
W	J	K	O	T	R	Q	J	Z	N	R	K	H	N	F	S

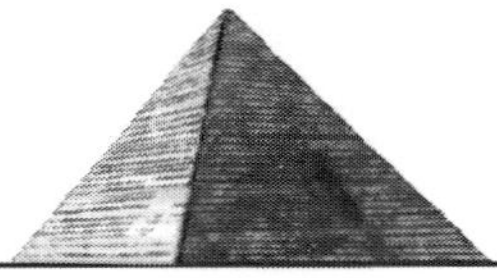

Lösung Station 9 – Die Pyramiden (3)

Zehn Begriffe aus dem Pyramidentext sind in Form von Silben im Suchsel versteckt:
Sphinx *** metz ***zeh *** last *** Pha *** Stein *** kam *** Mas *** Grab *** Im *** ops tep *** Cheph *** ba *** ta ***nae *** Che *** ren *** Gi *** Pa *** mer *** rao *** ho *** he

Findest du sie alle? Richtungen, in denen die Wörter laufen können: waagerecht, senkrecht und diagonal, vorwärts und rückwärts. Ä = AE. Viel Erfolg beim Suchen!

S	N	M	W	E	G	H	U	L	G	W	D	B	J	R	S
P	Q	H	J	M	R	N	F	X	D	T	E	Z	I	R	D
A	B	A	T	S	A	M	D	S	D	H	G	K	P	K	Z
L	E	R	N	H	B	P	E	T	O	H	M	I	K	E	R
A	G	H	U	D	K	N	M	S	A	D	T	D	Z	U	H
S	K	J	V	D	A	G	N	M	R	B	N	M	W	E	R
T	R	G	J	X	M	S	A	E	A	A	F	J	Z	N	H
N	H	J	W	Q	M	K	L	M	H	N	A	E	A	E	S
A	H	L	O	N	E	N	E	S	P	O	E	H	C	F	D
E	G	J	L	K	R	X	R	W	E	A	S	N	H	M	F
H	G	I	O	Z	N	U	H	N	M	E	S	F	E	V	B
E	B	V	E	I	W	Q	A	F	H	K	T	V	P	H	D
J	D	N	H	G	S	D	W	E	R	K	A	J	H	N	M
L	T	P	H	E	H	A	G	N	K	E	H	D	R	W	J
K	S	T	E	I	N	M	E	T	Z	K	M	V	E	N	A
W	J	K	O	T	R	Q	J	Z	N	R	K	H	N	F	S

Suche dir zwei der gefundenen Begriffe aus und erkläre sie in deinen Worten.

Pharao Cheops ließ sich die Cheops-Pyramide erbauen. Sie ist die größte Pyramide mit einer Höhe von 147 Metern.

Es war eine große Ehre, wenn man als Steinmetz mithelfen durfte, Pyramiden zu erbauen.

Pharao Chephren ließ sich die Chephren-Pyramide erbauen. Sie ist 140 Meter hoch.

Eine Sphinx ist eine Steinfigur, deren Aufgabe es vermutlich ist, die Pyramide zu bewachen.

In einer Grabkammer wurde der Pharao mit vielen Schätzen begraben.

Ein Pharao ist ein Herrscher im Alten Ägypten.

Gizeh ist ein Vorort von Kairo.

Imhotep war ein bekannter Baumeister.

Lösung Station 10 – Ägyptische Familien (1)

Die Alten Ägypter waren sehr familiär und kinderlieb eingestellt.	1	4	Jungen halfen dem Vater bei dessen Beruf und erlernten diesen Beruf später selbst (Fischer, Bauer, Handwerker). Mädchen halfen der Mutter im Haushalt.
Bis zum vierten Lebensjahr hatten die Kinder im Alten Ägypten Zeit zum Spielen. Sie bekamen Spielzeuge wie Kreisel, Puppen, Holztiere und ...	2	5	Sie lernten lesen sowie schreiben und erwarben Kenntnisse in Geometrie und Mathematik, Geografie und Religion.
Leider war die Kindheit aber schnell vorbei, da die Kinder rasch an Pflichten herangeführt wurden. So heirateten Mädchen mit ...	3	2	... spielten auch Ballspiele. Die Bälle bestanden aus bis zu 12 Lederstreifen, die um einen Kern aus Stroh und Schilf gewickelt waren.
Mädchen und Jungen aus einfacheren Familien besuchten keine Schule. Sie halfen den Eltern.	4	6	Diese „Locke“ wurde als Zeichen des Erwachsenwerdens mit Eintritt in das Jugendalter abgeschnitten.
Dagegen besuchten Kinder der reichen Oberschicht die Schule.	5	3	... ungefähr 12 Jahren und die Jungen meist mit 14 Jahren.
Kinder bekamen meist den Kopf rasiert, aber eine Strähne ließ man bis zur Schulter wachsen.	6	1	Die Eltern spielten mit ihren Kindern und sorgten sehr gut für sie.

Lösung Station 10 – Ägyptische Familien (2)

Die Alten Ägypter waren sehr familiär und kinderlieb eingestellt. Die Eltern spielten mit ihren Kindern und sorgten sehr gut für sie.

Bis zum vierten Lebensjahr hatten die Kinder im Alten Ägypten Zeit zum Spielen. Sie bekamen Spielzeuge wie Kreisel, Puppen, Holztiere und spielten auch Ballspiele. Die Bälle bestanden aus bis zu 12 Lederstreifen, die um einen Kern aus Stroh und Schilf gewickelt waren.

Leider war die Kindheit aber schnell vorbei, da die Kinder rasch an Pflichten herangeführt wurden. So heirateten Mädchen mit ungefähr 12 Jahren und die Jungen meist mit 14 Jahren.

Mädchen und Jungen aus einfacheren Familien besuchten keine Schule.
Sie halfen den Eltern. Jungen halfen dem Vater bei dessen Beruf und erlernten diesen Beruf später selbst (Fischer, Bauer, Handwerker).
Mädchen halfen der Mutter im Haushalt.

Dagegen besuchten Kinder der reichen Oberschicht die Schule. Sie lernten lesen sowie schreiben und erwarben Kenntnisse in Geometrie und Mathematik, Geografie und Religion.

Kinder bekamen meist den Kopf rasiert, aber eine Strähne ließ man bis zur Schulter wachsen. Diese „Locke" wurde als Zeichen des Erwachsenwerdens mit Eintritt in das Jugendalter abgeschnitten.

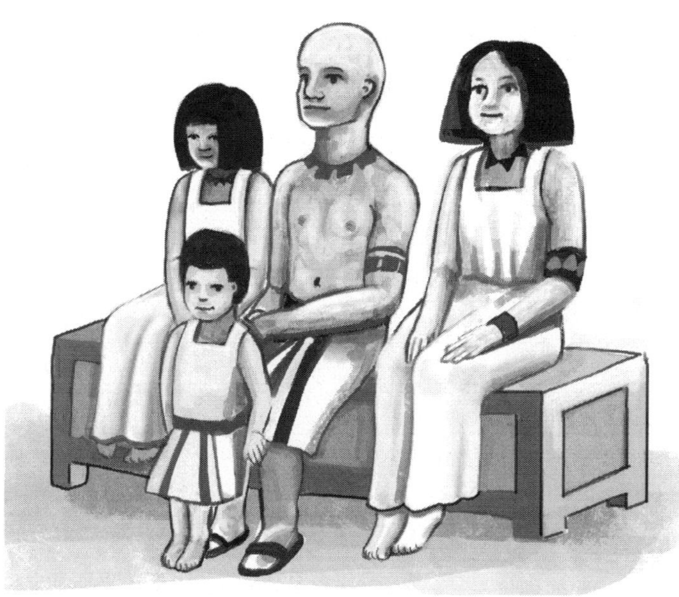

Lösung Station 10 – Ägyptische Familien

Die Alten Ägypter waren familiär und kinderlieb eingestellt. Die Eltern spielten mit ihren Kindern und sorgten sehr gut für sie. Kinder waren bei den Ägyptern sehr willkommen, was auch daran lag, dass die Kinder ihre Eltern später im Alter versorgten. Daher stellten Kinder für die Ägypter eine Art Absicherung dar.

Bis zum vierten Lebensjahr hatten die Kinder im Alten Ägypten Zeit zum Spielen und bekamen Spielzeuge wie Kreisel, Puppen und Holztiere. Aus dem Nilschlamm modellierten die Eltern für ihren Nachwuchs Figuren. Wenn diese getrocknet waren, konnte man schön mit ihnen spielen. Die ägyptischen Kinder spielten auch Ballspiele. Die Bälle bestanden aus bis zu 12 Lederstreifen, die um einen Kern aus Stroh und Schilf gewickelt waren.

Leider war die Kindheit aber schnell vorbei, da die Kinder rasch an Pflichten herangeführt wurden. So heirateten Mädchen mit ungefähr 12 Jahren und die Jungen mit 14 Jahren.

Mädchen und Jungen aus einfacheren Familien besuchten keine Schule. Sie halfen den Eltern. Jungen gingen dem Vater bei dessen Beruf zur Hand und erlernten diesen Beruf später selbst (Fischer, Bauer, Handwerker). Mädchen halfen der Mutter im Haushalt. Dagegen besuchten Kinder der reichen Oberschicht die Schule. Sie lernten lesen und schreiben und erwarben Kenntnisse in Geometrie und Mathematik, Geografie und Religion.

Kinder bekamen meist den Kopf rasiert, aber eine Strähne ließ man bis zur Schulter wachsen. Diese „Locke“ wurde als Zeichen des Erwachsenwerdens mit Eintritt in das Jugendalter abgeschnitten.

Ein Spielzeug, das vor allem bei den Mädchen beliebt war.	P	U	P	P	**E**						
Für diese Beschäftigung hatten ägyptische Kinder unter 4 Jahren Zeit.	S	P	**I**	E	L	E	N				
Bei diesem Schulfach lernten die Kinder rechnen.	M	A	T	H	E	**M**	A	T	I	K	
Mädchen aus ärmeren Familien lernten bei der Mutter einen … zu führen.	H	A	U	S	H	**A**	L	T			
Die Kinder hatten meist einen abrasierten …	K	O	P	**F**							
Wer besuchte die Schule? Kinder der reichen ….	O	B	E	R	S	C	H	**I**	C	H	T
Aus welchem Material bestanden die Streifen am Ball?	**L**	E	D	E	R						

Lösungswort: **F A M I L I E**

Lösung Station 13 – Bestattungsriten (1)

Start	Die Menschen im Alten Ägypten glaubten	an ein Leben nach dem Tod.	Deshalb wurden die Toten erst ungefähr
70 Tage nach dem Tod bestattet.	So lange dauerte die	Mumifizierung. Dem Toten wurden alle inneren Organe entnommen.	Seinem Körper wurde mithilfe von Natronsalz
alle Flüssigkeit entzogen.	Mit Salben und Ölen wurde der Körper	eingerieben und anschließend in Leinentücher eingewickelt.	Eine Gipsschicht wurde aufgetragen und nach dem Trocknen
kunstvoll bemalt. Eine Maske, die das Gesicht darstellte, wurde aufgesetzt.	Jetzt wurde die Mumie in einen Sarg gelegt und	konnte endlich bestattet werden.	Viele Dinge wurden mitbestattet: Möbel, Schmuck,
Kleidung, Waffen und Nahrung.	Die Gräber waren kunstvoll geschmückt und	die Wände bemalt.	Ende

Lösung Station 13 – Bestattungsriten (2)

		richtig	falsch
1.)	Die Alten Ägypter wurden gleich nach dem Tod bestattet.	[ ]	[x]
2.)	Die Menschen glaubten an ein Leben nach dem Tod.	[x]	[ ]
3.)	Dem Toten wurden alle Organe entnommen.	[x]	[ ]
4.)	Ins Grab bekam der Tote auch Schmuck und Kleidung.	[x]	[ ]
5.)	Die Gräber sahen wie unsere heutigen Gräber aus.	[ ]	[x]
6.)	Flüssigkeit wurde dem Körper mithilfe von Natronsalz entzogen.	[x]	[ ]
7.)	Der Tote wurde mit Ölen und Salben eingerieben.	[x]	[ ]
8.)	Eine Maske, die das Gesicht darstellte, wurde aufgesetzt.	[x]	[ ]
9.)	Der Tote wurde in Seidentücher eingewickelt.	[ ]	[x]
10.)	Eine Tonschicht wurde darüber aufgetragen.	[ ]	[x]
11.)	Die Mumie wurde am Ende in einen Sarg gelegt.	[x]	[ ]
12.)	Die Bestattungsriten waren wichtig für die Alten Ägypter.	[x]	[ ]

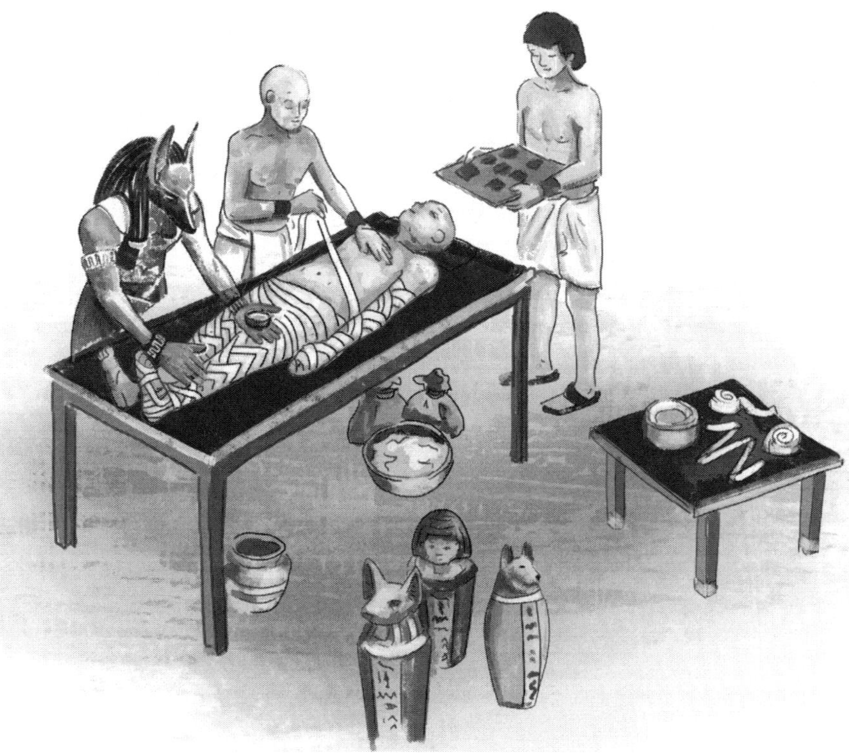

Lösungsvorschlag Station 14 – Die Mumien (2)

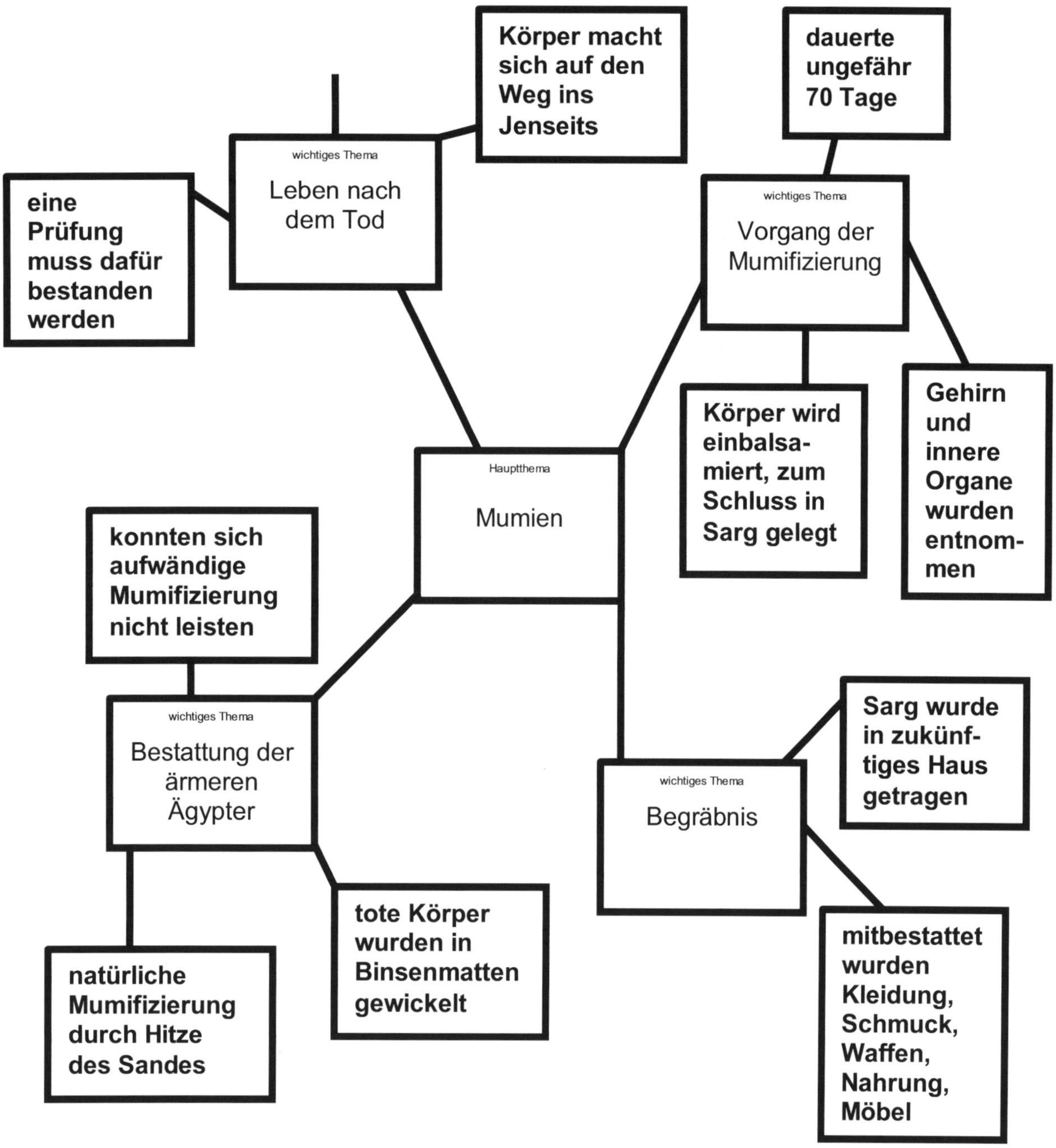

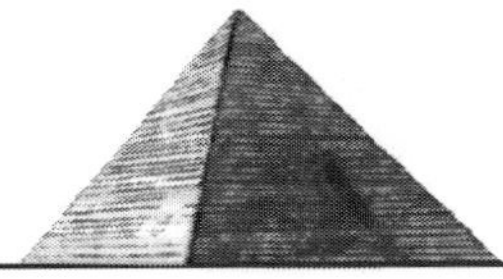

Lösung Station 16 – Katzen im Alten Ägypten (1)

Heute haben viele Menschen ein Haustier. Die Alten Ägypter waren vor fast 4000 Jahren die ersten Menschen, die Haustiere hatten. Sie hielten sich Katzen, ...

... die sogenannten nubischen Falbkatzen. Aber warum gerade Katzen? Die Ägypter legten Wert auf Schönheit und Anmut. Die Katzen bewegten sich sehr anmutig und wurden deshalb von den Ägyptern verehrt. Sie halfen ...

... den Ägyptern aber auch im Alltag. Die Katzen waren Mäusejäger in den Kornspeichern der Ägypter. Sie hatten gute und sehr bewegliche Ohren. Damit hörten sie selbst sehr feine Geräusche und konnten sich dann ganz leise ...

... an die Mäuse heranschleichen. Somit schützten sie die Vorräte der Ägypter. Außerdem hatten die Katzen sehr gute Augen, die ihnen ein gutes Sehen in der Dämmerung ermöglichten.
Ebenso halfen ihnen ihre empfindlichen Schnurrhaare beim Zurechtfinden in der Dunkelheit.
Starb eine Katze, ...

... trauerten die Menschen um sie. Die Katze wurde als Mumie zu Grabe getragen. Auch wurde eine ägyptische Göttin in Gestalt einer Katze dargestellt. Göttin Bastet stand für Liebe, Fruchtbarkeit und Vermehrung.

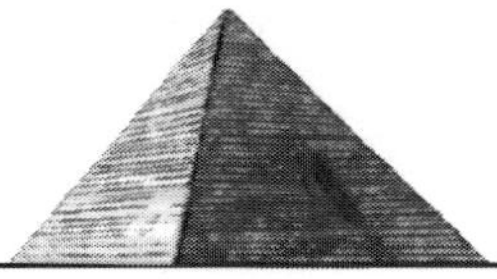

Lösung Station 16 – Katzen im Alten Ägypten (1)

Heute haben viele Menschen ein Haustier. Die Alten Ägypter waren vor fast 4000 Jahren die ersten Menschen, ...

... die Haustiere hatten. Sie hielten sich Katzen, die sogenannten nubischen Falbkatzen. Aber warum gerade Katzen?
Die Ägypter legten Wert ...

... auf Schönheit und Anmut. Die Katzen bewegten sich sehr anmutig und wurden deshalb von den Ägyptern verehrt. Sie halfen den Ägyptern aber auch im Alltag. Die Katzen waren Mäusejäger ...

... in den Kornspeichern der Ägypter. Sie hatten gute und sehr bewegliche Ohren. Damit hörten sie selbst sehr feine Geräusche und konnten sich dann ganz leise ...

... an die Mäuse heranschleichen. Somit schützten sie die Vorräte der Ägypter. Außerdem hatten die Katzen sehr gute Augen, die ihnen ein gutes Sehen ...

...... in der Dämmerung ermöglichten. Sie sahen sechsmal besser als die Menschen. Ebenso halfen ihnen ihre empfindlichen Schnurrhaare beim Zurechtfinden in der Dunkelheit. Starb eine Katze, ...

... trauerten die Menschen um sie. Die Katze wurde als Mumie zu Grabe getragen. Auch wurde eine ägyptische Göttin in Gestalt einer Katze dargestellt. Göttin Bastet stand für Liebe, ...

... Fruchtbarkeit und Vermehrung. Woher weiß man das alles?
Es gibt viele archäologische Funde von Statuen, Bildern und Zeichnungen, auf denen die nubische Falbkatze abgebildet ist.